失われた地図

恩田陸
Onda Riku

角川書店

失われた地図

装丁・本文レイアウト＝常松靖史［TUNE］
写真＝松本コウシ『続　眠らない風景』より

第一話　錦糸町コマンド

改札口を出た瞬間、髪に隠れた左の耳がかすかに二度、引っ張られるような感触があったのは悪い予兆だった。

思わず足を止めて引き返したくなるのを我慢し、肩にかついだカメラバッグを掛け直す。

ＪＲの錦糸町駅。改札を抜けると、出口はふたつある。北口と南口だろう。どちらに出たものか迷った。平日の午後三時になるところだが、ターミナル駅の改札付近はいったいどこから来てどこに向かうのか、相当な数の人が忙《せわ》しく行き来している。

ふと右耳のピアスが風に揺れるのを感じ、吹いてくるほうに目を向けると雑踏の中に見覚えのあるシルエットが浮かんだ。

黒のＴシャツに洗いざらしのジーンズ。背中にかついだ三脚。

特徴があるのは髪型だろう。骨太の胴体の上に、女のように髪を高く結い上げた頭が載っている。髪に挿した銀の簪《かんざし》が、ほんの一瞬、鈍く光った。

向こうもあたしに気付いた。小さく手を振ってくる。

駅ビルを出て近寄っていくと、どんよりした初夏の空が街の上に広がっていた。生暖かい風が足元を吹き抜ける。

逆光だった男の表情がようやく浮かび上がってきた。一見、笑っているのか泣いているのか分からない中途半端な笑顔。いったいどちらなのだろうといつも当惑させられる。概《おおむ》ね温厚そうな顔なのだが、時折形容しがたいザラリとした陰が顔を過《よ》ぎる。子供の頃、格子状にたくさんの穴が開いた紙をシマウマの絵に重ね、ずらすと真っ黒な馬になったりする、という他愛《たあい》のない遊びがあった。遼平《りょうへい》の顔を見るたび、なぜか顔の上に手を当てて、そこに置いてあるであろう窓の開いた紙をそっとずらしてみたいという衝動に駆られる。ほんの少しずらしたら、全く見たことのない顔が現れるのではないかという気がする。

「今日もよろしく頼む」

「浩平《こうへい》は？」

挨拶は無視して、彼が一人らしいのを見咎《みとが》める。

遼平は目でロータリーの隅を示す。

雑踏から離れたところで、丸い折りたたみ式のレフ板を広げてあちこちに向けている、小柄で浅黒い、赤茶色のフレームの眼鏡と緑色の野球帽を着けた青年を見つけた。

「久しぶり」

近付いていって声を掛けると、青年はちらっとこちらを見て帽子のひさしに手を掛け「就職」と呟《つぶや》いた。

遼平の甥《おい》である浩平は、極端に口数が少なく愛想がない。帽子に手を掛けたのは挨拶だろう。あたしに口を利くようになっただけ、ずいぶんマシである。前回会った時は工業大学の大学院生だった。どうやら就職したらしい。

「そいつはめでたいわね。どこに？

「風洞」

「え？」

聞き返すと遼平が補足した。

「航空会社の技術研究所だよ。風洞実験とかやるトコだとさ」

「あら、あんたにぴったりね」

普段から似たようなことは実践しているわけだし。あたしはカメラバッグのポケットから煙草を取り出し、素早く火を点《つ》けた。

「で、このあたりに『裂け目』が現れたのは確かなのね」

「煙草屋の情報によるとそうだ」

遼平は腕時計に目をやった。

「範囲は」

「錦糸《きんし》公園から半径二キロ以内」

「だったら北口で待ち合わせればよかったのに」

「風は南口のほうから来てるみたいなんだ」

あたしたちは空を見上げた。

周りのビジネスマンもつられて空を見上げるが、雨が降っているわけでなし、何かが飛んでいるわけでもなし、すぐに興味を失ったように足早に通り過ぎる。

けれど、あたしたちは不穏に曇った空の向こうを見つめていた。

遼平には見える。「裂け目」から漏れて流れてきたであろう、赤みがかった風の名残り。

「三時。上昇気流」

浩平がぼそっと呟いた。

彼は遼平に負けず劣らず目がいい。TVで風洞実験というのを見たことがあるけれど、わざわざ箱に煙など入れなくても彼には空気の流れが目視できるはずだ。

あたしは風を見るのがそんなに得意ではないので、自分が吸っている煙草をそっと立ててみる。煙は南西の方向に流れていた。

今日は朝から蒸し暑かった。近年、夏の東京では午後にスコールが降る。浩平には、ここから見て三時の方角にゲリラ的に発生した上昇気流がはっきり見えているのだろう。

「映るかな？　人数分かるか？」

遼平があたしのカメラバッグに目をやった。

あたしは一眼レフのデジタルカメラを取り出し、七番目の撮影モードに合わせる。

ファインダーを覗《のぞ》く瞬間、いつもきゅっと胃が縮む。

行き交う人々。スーツ姿、ポロシャツ姿、制服、Tシャツ。おじさん、おばさん、若者、年寄り。信号にバス、走り出す車。

たまに何を撮影しているのかと覗き込む人もいるが、えてして都会では人が何をしていてもあまり気にしない。こうして三人で三脚とレフ板を持っていれば、勝手に雑誌か何かの撮影だと思ってくれる。

まさかあたしが目にしているものがこんなものだとは、今ファインダーの中を通り過ぎる人たちには夢にも想像できないだろう。

こんな気味の悪いものが大都会の駅前のロータリーに残っていようとは、決して。

ファインダーには、足跡が映っていた——かすれかけた赤い足跡。もう赤というよりは、ピンクがかった灰色になりかけている。地面の上に、ぺたぺたと同じ足跡が重なり合った箇所が見て取れ、もつれた足取りで横断歩道に向かっている。

むろん、ファインダーから目を離し、地面を見ても何もない。カメラを介さないとその足跡は決して見えない。誰かがこのファインダーを覗いたとしてもやはりただのデジカメで何も見えない。第七の撮影モードに設定しない限りは。

この足跡を見ると、いつも黒澤明《くろさわあきら》の映画『天国と地獄』を思い出す。全編モノクロの映画で、唯一ピンク色のカラーがつく場面。あるいは、ルミノール反応みたいだと思う。見たことはないが、殺人現場でその薬品をかけると血痕《けっこん》が反応するという、映画やTVドラマでしか知らない言葉。

「とりあえず一人みたい──一人分の足跡しか見えない」

あたしが横断歩道を指差してそう呟くと、二人はあたしの前に立って歩き出した。

「ヘンね。ここで行ったり来たりした痕《あと》がある」

歩道のへりを見下ろすと、「信号待ちか？」と遼平がつまらない冗談を言った。「かもね」と受け流し、周囲を見回す。

「しっかし、駅前の看板が競艇に競馬とは。さすが錦糸町」

疾走する馬の巨大な看板を見上げつつ、遼平が呟く。

「昔、JRAのポスターが暗号になってるって都市伝説があったな」

「暗号ってなんの」

「必勝馬券のヒントがポスターの中にあって、見る人が見たら分かるって噂だよ」

「それってなんのため？」

「秘密結社と同じだろ。ごく一握りの誰かが得してるんじゃないかっていう僻《ひが》みと、そういうのがあってほしいっていう希望と」

ついでに言えば、駅前のビルに入っているのは見事に消費者金融一色だし、電柱の看板は全部質屋のものだ。

ひときわ目立つ巨大なコンクリートの箱のようなビルは、場外馬券売り場の入っているビルで、唯一の開口部である玄関には警備員が立っている。

「窓のないビルってのは、たいがい大量の現金を扱うトコだな」

遼平が、足早に玄関に吸い込まれていく男たちを見ながら呟いた。

「そうね。前に関西で松阪牛《まつさかうし》の専門店に入ったら、そこも窓のないビルで、入口狭くてこんな感じだったな。カード使えないんだよね。会計しようと思ったら、窓の部分が十五センチくらいしかなくてさ。パチンコの景品交換所だって相手の顔見えるのに、全く姿の見えない壁に開いた窓。そこからにゅっと手だけ出てきて、現金受け取るの」

「昔、手が出てきてお金持ってく貯金箱があったな」

通りに一歩入ると、パチンコ屋に居酒屋、キャバレーにラブホテルと欲望産業がずらりと並ぶ。一発当てたらすぐに遊べるようになっているわけだ。かくてこの一角でぐるぐるとお金が回る。

「通学路」

珍しく、浩平が呟いた。

「こいつ、R高校出身だからな。R高校、あそこらへんにある」

遼平が顎《あご》で通りの奥をしゃくった。

「え？　こんな一大風俗街のそばにあるの？」

あたしは驚いた。R高校といえば、都内でもベスト3に入る都立の名門進学校で、浩平がそこの出身だとは知っていたが、場所までは知らなかった。

「人生の厳しさを学べていいんじゃねえ？」

「少なくとも、確率論の授業は実地で学べるね」

「博打《ばくち》は胴元に勝てるはずないってコト、人生の入口できちんと教えといてほしいな。特に、国という大胴元には」

遼平は、角でぐるりと周囲を見回した。

「お、小火《ぼや》があったのはそこだ」

視線の先に、確かに地面に焼け焦げたような痕がある。

「いつ?」

「先週末の夜中。三件ばかり続いたんだと」

「裂け目」の前兆は、だいたいが連続する不審火という形で顕《あらわ》れる。

近年、東京消防庁管轄内での火災は年間五〇〇〇件を超すが、そのうち約三割、ざっと一五〇〇件強が放火及び放火が疑われる不審火で、もちろん火災原因のトップである。しかし、この中には全く原因の分からない小火が数パーセント含まれている。何が焼けたのか、どうして焼けたのか全く分からない、分類不能の奇妙な小火。あたしたちが関心を持つのはこちらだ。中でも、その小火の焼け跡に、古い煙草の燃えさしが残っていると、「裂け目」の可能性が疑われる。煙草屋は独自にそういう小火のあった場所の情報を仕入れて遼平に連絡してくるのだった。

あたしはデジカメを構えた。

第七の撮影モードに切り替えた瞬間、思わず「うっ」と唸《うな》っていた。

異様なものが映っている。

「どうした」

遼平が眉《まゆ》を吊《つ》り上げた。

足が燃えている。

ファインダーの向こうで、焦げ痕の上に足が見えた。

例によって、灰色がかったピンク色の足が見え、それがぶれたように二重、三重に重なりあっている。足は膝《ひざ》から下のようで、暗赤色の炎に包まれている。

「女」

「え？」

「女の足が燃えてる」

「まさか」

あたしはデジカメを遼平に差し出した。遼平は怪訝《けげん》そうに受け取り、ファインダーを覗き込んだ。浩平も顔を寄せてきて、遼平に続いてカメラを覗く。

「ほんとだ」

遼平はあたしを見た。細いふくらはぎのラインといい、履いているパンプスといい、かすかに見えるスカートのラインといい、女性の足であることは間違いない。そして、この足が「裂け目」からやってきたものだということも。

「うー、気持ち悪い」

「誰だ、この女」

あたしは二の腕をさすった。蒸し暑い午後だが、背中で汗が冷たく冷えてくる。

そこは、小さな寺の前だった。周囲のけばけばしい原色の風景の中で、ひっそり影のように沈みこんでいる。寺といっても、敷地はごく狭い。神仏習合の見本のようなところで、その狭い敷地に赤い鳥居を並べた稲荷《いなり》や慰霊碑もぎっちり建っていて、正面の額には弁財天とある。

「弁財天ねえ。馬券を買う前にお参りに来る人もいるのかな」

浩平が賽銭《さいせん》箱を覗き込み、その隣に売っているお守りや線香を見ている。

「同じ店」

彼はひょいと線香の脇に並べてある百円ライターを取り上げた。

「あ、ほんとだ」

ライターは、どこかのスナックが客に配ったものらしく、皆同じデザインで「ルミ」とあり、住所と電話番号が書いてあった。

「住職が常連なのかねえ」

「ルミさんが弁天様かも」

唐突に、遼平がくるりと後ろを振り向いた。

「風が」

それはかすかな風だった。生暖かいのに、肌に触れるとぞくりとする。

あたしたちは誰からともなく歩き出した。

日の高いうちの歓楽街は、セットだけの舞台のようで、どこかがらんとしている。

「ねえ、なんで錦糸町なの」

あたしは来る途中からずっと考えていた疑問を口に出した。

「その――こういう、戦後からある古い歓楽街でしょ。あれとは関係なさそうに思えるけど」

「そう、戦後から、だろ」

遼平は、またあの奇妙な笑みを浮かべつつ頷《うなず》いた。

「前から言ってるじゃん。都内で、ある程度まとまった広さの土地があったら、そこは元は何に使われてたか」

「大名屋敷でしょ。それと」

あたしが言いよどむと、浩平が続けた。

「軍」

遼平がもう一度頷く。

「そう。錦糸公園は、元々は陸軍の糧秣廠《りょうまつしょう》倉庫があったトコで、駅の周りで再開発されたトコは国鉄が持ってた貨物用地。当然、貨物列車は軍部の物資の輸送に使われてたわけだな」

「ふうん。じゃあ、『裂け目』があっても不思議じゃないってことか」

「規則性は俺にも今いち分からん」

広い通りに出た。

ふと、近くに川があるような気がした。川風の匂いがしたのだ。

「あっちだ」

信号を渡り、また飲食店が入ったビルの立ち並ぶ路地に入った。出勤はまだ数時間先だろう。人気《ひとけ》がなく閑散としている。テナント名の入った看板がずらりと並んでいるが、照明が入っていないのでどれもくすんだ色に見える。静脈の血の色だ。

「店の名前ってのは、時代が出るな。庶民の集団的無意識が出るっていうか」

「庶民の集団的無意識の欲望が顕れるのよ」

あたしはひと昔前の韓流TVドラマをもじった店の名前が並ぶ看板を眺めた。欲望の最大公約数はダイレクトに看板の上に顕れる。

「ルミ」

浩平がつと上を指差した。つられて上を見る。

確かに、さっき弁財天で見たライターと同じロゴの「ルミ」という看板がある。

それは妙に細長いテナントビルで、各階のスペースは非常階段のスペースの倍くらいしかない。窓は内側から塞《ふさ》いであり、やはり店名が書かれている。

「ルミ」は六階にあった。

「そういや、小火のひとつはスナックだと言ってたな」

あたしは黙ってデジカメを覗いた。二階、三階、四階、五階。ファインダー越しに非常階段を上っていく。

「ルミ」の脇の非常階段にその女はいた。

手すりをつかんだ両手が見え、黒っぽいワンピースの裾《すそ》が見えた。

肘《ひじ》から下の下半身が見えたが、上半身は見えない。その身体はゆらゆらと揺れ、コマ落としをしたアニメーションのように重なりあってブレ続けていた。やはり、暗赤色の炎に包まれていて、炎と身体が少しずれて揺れている。

「同じ女だわ」

あたしが差し出したデジカメを二人が覗き込む。

「女は珍しい」

「あそこが『裂け目』なの？」

「いや、違う。風は溜《た》まってるけど、噴き出してはいない」

ともあれ、女の残像は少しずつ形になってきている。これは、女がごく最近その場所にいたことを示している。

「でも、駅前のロータリーの足跡は彼女のじゃない。彼女はヒールを履いてる。あっちは、典型的なあれの足跡だった」

「のようだな。誰なんだ、あの女」

視線を感じた。

見ると、軽トラックで酒を配達しに来た男が、ジロジロとあたしたちを見ている。明らかに怪しんでいる様子である。

「あのう、『置いてけ堀』がこの近くにあるって聞いたんですけど」

遼平が頭を掻《か》きながら、道に迷ったふうを装い、男に尋ねた。下手に出ると、この男はなかなか愛嬌《あいきよう》がある。

「ああ」と男はたちまち納得した表情になる。街歩きの雑誌の取材だと思ったのが分かった。

「錦糸堀公園のことだね。通りひとつ向こうで、まっすぐ行くとそこだよ。由来を書いた看板と、河童《かつぱ》の像があるから」

男は軍手を嵌《は》めた手で指差した。

「ありがとうございます」

あたしたちは腰の低い取材班になりきって頭を下げる。男はあたしたちに興味を失ったらしく、ビールケースを抱えて路地裏に消えた。

「置いてけ堀？」

「うん。聞いたコトあるだろ、本所《ほんじょ》七不思議のひとつ。お堀で釣りをしていて魚を釣り上げると、どこからともなく『置いてけー』って声が聞こえてきて、無視すると、魚籠《びく》の中から魚が消えてるってやつ」

「長閑《のどか》な話だね。『置いてきぼりを食う』の語源なんでしょ」

「それがどの堀だったか諸説あるんだけど、この近隣だったコトは間違いない。中でも有力なのが、錦糸堀。関東大震災のあとに埋め立てられちゃったけど」

「ふうん。そもそもなんで錦糸って名前なの？　てっきり繊維産業があったのかと思ったら、そうじゃないみたいだし」

歩き出しながら、ボソボソと話し合う。

「『岸』が訛《なま》ったんじゃないかって説とか、朝夕の光が堀に映って綺麗《きれい》だったんじゃないかとかいろいろあるよ。どれも今イチ説得力に欠けるけど。錦糸堀は特定の堀じゃなくて、この辺り一帯の堀全部を指してたって説もある」

黙って話を聞いていた浩平がぼそっと呟いた。

「油」

「え?」

「それより、空」

聞き返した遼平に、浩平は険しい表情で空に目をやる。

浩平でなくとも、急速に広がっていくどす黒い雲を見れば、天気が下り坂であることは見てとれた。強い雨は「裂け目」を一時的に塞ぎ、見つけにくくする。かといって、放置している時間が長くなると、必ずそこでは惨事が生じることになる。

入浴施設の爆発、漫画喫茶やキャバクラの入ったビルの火災、ホテルの火災。これまで事故とされてきたものの何割かは、「裂け目」の発見が遅れたための惨事である。

「急ごう。もう一箇所の小火が、その錦糸堀公園なんだ。この近くに『裂け目』があるはずだ」

少し進むと、ビルに囲まれた公園が見えてきた。

台形というのか、涙形というのか、奇妙な形をした公園である。滑り台などの遊具とベンチが隅っこにあり、がらんとした中央の空き地にぽつんと街灯が立っている。

「堀はどこにあったの」

「たぶんあっちの、河童の像がある側だな」

真ん中を横切って最近建てられたと思《おぼ》しき石像の前に行く。ベンチではワイシャツ姿の中年男がうつらうつらと居眠りをしていた。

河童の像は、ぽっちゃりと小さくぬいぐるみのように愛らしくなっていた。あたしの記憶では、もっと腕が長くて（確か、右と左の腕が繫《つな》がっているのではなかったか）顔も恐ろしげだったのだが。

俄《にわ》かに空が暗くなる。

「あれ」

浩平が硬い声を出したのと同時に、左の耳が鈍く痛んだ。

振り向くと、公園はしんと静まり返っていた。

あたしたちが注視しているのを意識したかのように、真ん中の街灯が、おもむろに灯《とも》る。

暗くなると自動的に点くようになっているのだろう。

が、あたしたちが見ていたのは街灯ではなかった。むろん、街灯も目に入っていたのだが、三人がまじまじと見つめていたものは、街灯の上にいたのだ。

女が立っている。

街灯の上に。

黒いワンピースを着た女が、街灯の上にすっくと立っている。

あたしたちは魅入られたようにのろのろとそちらに近付いていった。

目の前の女は、残像ではないようだった。輪郭もくっきりしているし、炎にも包まれていない。ただ、頭はなかった。黒地に白の小さな水玉のワンピースが全身見えていたが、あるのは口のところまで。鼻から上は素通しで何もない。

なんだかバランスが悪い口だ。身体に比べ、口が大きくていびつな形をしているように見える。

その口が、突然動いた。

「風雅《ふうが》遼平。またおまえか」

遼平がぎくっと全身を強張《こわば》らせた。突然、街灯の上に立っている頭のない女に名前を呼ばれたのだから無理もない。しかも、カサカサしてすっとんきょうな、めちゃ薄気味悪い声である。あたしと浩平も、一緒に身体を強張らせてしまった。

「別れた女房まで一緒とは。よりを戻したのか」

あたしはムカッとした。目がないくせに、上から目線というのが解せない。

「そういうあんたは誰だ。俺にはこんな奇妙な姿の知り合いはいないぞ」

遼平が女に言った。

「そうかな？　本当に？」

女の声は嘲《わら》っているようだった。

空はいよいよ暗くなり、真っ黒な雲に埋め尽くされた。

遠くで小さな稲光が見え、少し遅れて雷鳴が地面を伝わってくる。

「おまえが会いたいのはこいつらだろう」

女の声がすぐ近くで聞こえたと思ったら、辺りが赤みを帯びた光に囲まれた。

と思ったのは、まるで公園を囲むように赤い光がその輪郭からフットライトのように照射されたからだった。

そして、その光の中から、わらわらと湧き出てくる人影がある。

「グンカ」たちだ。奴らは茶色っぽい軍服を着ている。煮しめたフキみたいな、古臭くそれでいて凶々《まがまが》しい色。赤い星のついた帽子をかぶり、総じて小柄で、無表情。コマ落としのアニメみたいに、ナンブを構えて次々と公園の中に走り出てくる。

「この公園全体が『裂け目』か！」

遼平が叫んだ。

あたしたち三人は背中合わせに身体を低くして身構えた。「グンカ」は次々と撃ってきて、地面の小石がぴしぴしと跳ねる。

あたしたちはバラバラになり、奴らの跳弾を避《よ》けた。

遼平は改造した三脚を構え、奴らの足に向かって機関銃を浴びせた。足を切られ、奴らはドミノ倒しのようにくずおれていく。

浩平はレフ板を広げ、天に掲げるようにして振り回した。こちらは奴らの首を刎《は》ね、ナンブを握った手を叩《たた》き切る。

長閑な公園は、たちまち阿鼻《あび》叫喚の戦場と化した。

赤く光る「裂け目」からは、続々と「グンカ」たちが這《は》い出してくる。

公衆トイレの屋根の上で、遼平が「グンカ」と格闘していた。

と、あたしにも飛びついてくる「グンカ」。足を払い、首筋に手刀を打ち込む。

手ごたえがあるようでないような、この中途半端にめり込む感触が気に喰《く》わない。

「グンカ」の一人が発火した。

前に掌《てのひら》を向けて差し出した両手がみるみる赤黒く燃え始める。

それを見た他の「グンカ」も次々に燃え出した。一人、また一人と倒れていた「グンカ」が起き上がり、集まってくる。

首のない奴や腕を切られた奴も、じりじりと燃えながらあいだを詰め、あたしたちに迫ってくる。

どうにも逃げ道がない。あたしたちは、公園の隅に徐々に追い詰められていった。

あたしたちを扇状に囲み、突き出した腕から炎を向けて、焼き尽くそうとしたその瞬間。

浩平が、素早く畳んだレフ板を大きく奴らに向かって広げた。

それは、まさに反射鏡だった——奴らの炎を奴らに向かって瞬く間に反射し、跳ね返し、増幅する。

そのタイミングを見計らっていたあたしは、カメラバッグをいっぱいに開ける。

さあ、行け！

大群の蝶《ちょう》が飛び出した。

青いの、黄色いの、黒いの。ばたばたと羽根をはばたかせ、炎に包まれ、燃え上がる「グンカ」たちを囲み、煽《あお》って、「裂け目」へと押し戻す。

蝶は黄泉《よみ》への使い。奴らを黄泉に連れていけ！

蝶たちの羽ばたきが起こす風が、奴らの炎を包み込み、奴らは「裂け目」に吸い込まれていった。これこそ、ホンモノのバタフライ・エフェクトだ。

「よっしゃ」

遼平が頭の簪を引き抜き、「裂け目」に駆け寄っていく。

銀の簪はよく磨き抜かれた針になっている。髪を結わえていた風の糸で、遼平は手際よく「裂け目」をざくざく縫っていく。

「裂け目」を閉じる瞬間、ふと辺りが明るくなった。

「あっ」

地面が、空気が、透き通っていく。

そこには、静かな堀が縦横に走っていた――ゆったりとした流れ。畑の中を縫うようにして、あちこちに水路と運河が見える――板塀の向こうにはどっしりとした瓦《かわら》屋根。夕暮れに沈む家並み――そして、お堀の水面《みなも》がキラキラと七色に光っている――そう、虹《にじ》のように、金襴緞子《きんらんどんす》のように――

「そうか、これが錦糸堀」

遼平が叫んだ。

「――油、か」

浩平を振り返る。

「おまえはこれのことを言ってたのか」

堀の表面に浮かんでいるのは、静かに渦を描き七色に輝いている油だった。

「近くの猿江《さるえ》恩賜公園は、元は貯木場。辺りの堀は皆繋がっていた――材木は、延焼を防ぎ腐敗を防ぐためにも水辺に浮かべていた――松をはじめ、油分を含む樹木は沢山ある――それが流れ出して、こんなふうに七色に」

「裂け目」は、閉じられる瞬間、かつての風景を、失われた光景をほんの一瞬だけ見せてくれる時がある。むろん、あたしたちのためにではなく、その瞬間、忘れていた土地の記憶を蘇《よみがえ》らせるのかもしれない。

「置いてけ堀、か。しばしば魚を釣っても油にまみれて夕飯のおかずにならなかったのかもしれない。それをこっそり捨てていく釣り人。その後ろめたさが魚を『置いていけ』という河童の話になったのかも」

ゆらゆらと揺れていた虹色の堀がふっと消え、辺りは薄暗い街角の公園になった。

ベンチではまだ中年男がうつらうつら眠っている。

ほんの少し前の阿鼻叫喚の痕跡はどこにもない。

あたしたちはぼんやりと三脚やレフ板を抱えて公園の中に突っ立っていた。

誰からともなく、真ん中の街灯を見上げる。

鈍い光を湛《たた》えた街灯。その上にはむろん、女などいるはずもなかった。

「なんなんだ、あの女。何者だ？」

遼平がブツブツ言いながら頭を結い直した。髪に挿し込んだ簪の先がくるる、と回る。遼平の簪は、小さな風車になっているのだ。

「ん」

遼平が簪を押さえるのと同時に、あたしの左耳がひどく痛んだ。

「っ」

思わず耳を押さえた時、公園の外に赤く浮かび上がる影が目に留まった。


「あそこだ」

反射的に指さしたところに、黒いワンピース姿が遠ざかっていくのが見えた。

頭のない女が、コツコツと歩いていく。その背中は、暗赤色の炎にゆるゆると包まれている。

あたしたちは慌てて女を追った。あの女は別の「裂け目」から出てきたのかもしれない。

「どこに行くんだ」

ポツポツと雨が降り始めていた。

ゴロゴロと鳴る雷は、さっきよりもずっと近くに来ていて、腹に響いた。

小走りになって背中を追ったが、女の足は速かった。追いつけそうなのに追いつけない。

辺りは暗くなってきて、飲食店のビルに明かりが点き始めていた。夕闇の中に、活《い》き活きとした夜の歓楽街が姿を現している。

耳の痛みが激しくなっていた。

ちりちりと、無数の小さな火花が弾《はじ》けるような痛み。

あの時のような痛み。あれ以来、髪の下に隠すようになった左の耳にはピアスをつけたことがない。

「待って!」

駅のロータリーの前の大きな横断歩道に出た。

雨はパラパラと音を立てて地面を濡《ぬ》らしている。

ちょうど信号は青。

黒いワンピースは大勢の群集に紛れて、すたすたと横断歩道を渡っていく。灰色の群集の中で、その背中は妙にくっきりとしていた。

あたしは走った。

もう少しでその背中に追いつく。

白い水玉を散らした、黒いワンピースの背中に。

その腕をつかむ。

ひんやりした、ほっそりとした若い女の腕だ。

次の瞬間、女は振り向いた。自分の腕をつかんだあたしの腕を、がっちりとつかむ。

あのいびつな形をした唇がこちらを向いて、にたりと笑う。

笑ったとたん、唇は奇妙な形に裂けた。

頭のあるべきところに、ぼんやり影が見えたような気がした。

大きな頭。二本の角。


この女は。


女の正体を悟った瞬間、女は目の前から掻き失《う》せていた。

正確に言うと、地面の中に堕《お》ちていったのだ。あたしの腕をつかんだまま。

次の瞬間、あたしは地面に叩きつけられていた。しゃがみこむような不自然な体勢で、腕を地面の中に引っ張りこまれたまま動けなくなってしまったのだ。

「鮎観《あゆみ》！」

遼平の叫び声が聞こえる。

身体を思わぬ体勢で地面に叩きつけられた痛みと衝撃で、一瞬息ができなくなった。

痛い。苦しい。あたしの腕はどこ？

起き上がろうとしても、起き上がれなかった。ふと、あることに気付いた。

ここ、さっき、赤い足跡が重なりあってたところだ。


「信号待ちか？」「かもね」


遼平と交わした会話が脳裏に浮かぶ。罠《わな》だったのかもしれない。わざわざあたしを惹《ひ》きつけておいて、ここに。

「鮎観、大丈夫か」

雨が強くなる。地面の色がどんどん黒くなっていく。

「動けないの。あいつに腕を引っ張りこまれた」

駆け寄ってきた遼平にそう囁《ささや》いた時、離れたところで異様なスリップ音を聞いた。

周囲がざわめき、皆が一斉にそちらを見た。

幹線道路の向こうから進んでくる巨大な運送トラックが、変な方向を向いていた。

運転手が必死になってハンドルを切っているが、明らかに大きな遠心力が掛かり、制御不能になっている。

悲鳴が上がった。

「おい」

遼平があたしの肩を抱えた。

トラックは、雨に濡れたアスファルトの上を横滑りして、こちらに向かってきた。

地面に繋ぎとめられたようになって動けないあたしのほうに。

運転手の真っ青な顔、目と眉と口がはっきり見えた。口が何かの形に動いている。かあちゃん、と言ったのか、南無三、と言ったのか、たぶんどちらかだろう。

「くそっ」

遼平が必死にあたしの身体を引っ張った。

びくともしない。地面を叩く雨の水しぶきと、腕の痛みと、耳の痛みで何がなんだか分からない。

トラックが滑ってくる。

浩平がレフ板を投げる体勢で走ってくる。

雨が激しく打つ。腕の周りが、窪地《くぼち》になっていて水溜《みずたま》りになってきた。数センチ、腕が沈んでいる。

大雨。

と、突然、ふっと腕が軽くなり、地面から腕が抜けた。急な大雨で、「裂け目」が閉じたのだ。

その刹那《せつな》、水溜りの底に何かが見えた。闇の中に光る無数の何か。星ぼし？

あたしと逡平は反動で後ろ向きにひっくり返った。

どんどん大きくなる運転手の顔とぴかぴかしたトラックの正面が、五十センチくらいのところでぴたりと止まった。

急に、雨の音が大きくなった。

運転手ががっくりとハンドルに額をつける。大きなワイパーが、リズミカルな動きでいっしんに雨を弾き続けている。


「俊平《しゅんぺい》は元気にしてるか？」

ずぶ濡れになって三人で入った古い居酒屋のおかみは、あたしたちを見るなり三枚のタオルを投げて寄越《よこ》した。

「うん。自転車に乗れるようになった」

「そか。今日はお義父《とう》さんのところか？」

「うん。あそこなら自転車も乗り回せるし、最近は文句言わなくなった」

遼平がお銚子《ちょうし》から熱燗《あつかん》を注《つ》いでくれようとするが、お猪口《ちょこ》を持ったあたしの手が震えて、入らない。

「おまえ、猪口、置け」

「ん」

滑稽《こっけい》なほどに震えた手で、あたしは苦労して猪口をカウンターに置いた。

長いカウンターを埋める客たちの喧噪《けんそう》で、ようやく少しずつ緊張がほぐれてきた。

浩平はぐびぐびと日本酒を飲んでいる。こいつは滅法酒に強いのだ。

「浩平、あんたさっきレフ板どうしようとしたわけ？　トラックに投げようとしてなかった？」

震える手を押さえながら尋ねた。

「タイヤにはさむ。摩擦」

彼にしては長い説明だ。雨でスリップしたタイヤに、レフ板を噛《か》ませようとしたらしい。

「トラックがスリップしたのは偶然か？　それともあいつのせい？」

遼平が手酌で自分の猪口に酒を注ぎ、ぐっと呷《あお》った。

「ねえ、遼平」

あたしは彼の顔を見た。

「——あの女、『件《くだん》』だった」

腕をつかんだ感触を思い浮かべる。ほっそりとした、若い女の腕。なのに、次の瞬間、あたしの腕をがっちりつかんだのは、凄《すさ》まじい力だった。

「なんだと?」

遼平と浩平の手が止まる。

「ヘンだと思わなかった? あの口。身体とのバランスも、唇の形もおかしかった。あの女の頭は牛だったんだよ。角もあった」

「くだん」

遼平はことんと猪口をカウンターに置いた。

「まさか」

青ざめて、首を振る。

信じたくないのはあたしだって同じだ。災厄を予言して、すぐに死んでしまうという幻の生き物、件。その姿は、人間と牛を合わせたような恰好《かっこう》だと言われている。

「あいつは奴らとは別のものだというコトか? 俺たちに災厄を伝えに来たと?」

「分からない」

あたしは首を振った。

「でも、あいつ、遼平のフルネームも、あたしたちのことも知ってた」

そして、「グンカ」のことも。あたしたちが奴らと戦っていることも。

遼平は、一瞬詰まった顔をしたが、やがてまた例の中途半端な笑みを浮かべた。その笑みの意味を聞いてみたいと思うのだけれど、これまで聞けたためしがない。

「不安な時代の幕開けだな」

そう独り言を言ってお銚子を空ける。

少し間を置いて、唐突に浩平が呟いた。

「乾杯」

彼にしては珍しい単語である。

あたしと遼平は顔を見合わせ、奇妙な共感と絶望に満ちた笑い声を立てた。そして、改めて、あたしたちの不確かな現実と未来のために杯を合わせた。

第二話　川崎コンフィデンシャル

平日の真っ昼間である。

電車の中は空《す》いていて、どう見ても鉄道オタクと思《おぼ》しき些《いささ》か年齢不詳の男性グループと、たまたま休日であろう地味な家族連れが行楽気分で電車に乗っている、というのが俺たち以外の乗客の顔ぶれだった。

はしゃいでいる四、五歳くらいの男の子を見ていると、しばらく会っていない俊平のことを思い出し、フト物哀しい気分になりかける。

明るい日差しが、電車の窓から床に射し込んでいて、光を遮る電柱や建物のシルエットがその上を横切っていく。

かたたん、かたたん、というどこか懐かしい電車のリズム。長閑《のどか》な車内は、いちばん奥の車両まで見渡せた。

無理もない。ここ鶴見《つるみ》線は特殊な路線で、沿岸部にある特定の企業の通勤電車のため、通勤時間以外は乗客ががっくり減る。よって、その時間帯は本数も極端に少ないのである。あたし、鉄道にはそんなに興味ないんだけどな。

お見合い式の座席の向かい側にボンヤリ座っている鮎観の顔からは、そんな声が聞こえてきそうだ。

対照的に、浩平はレフ板を抱えたまま活き活《い》きと車内を動き回り、写真を撮りまくっている。完全に本来の目的を忘れている様子である。

最近は女性の鉄道マニアもカミングアウトして市民権を得ているようだが、なぜ生まれながらに男というのは鉄道やら車やらが好きなのだろう。

かくいう俺も実は久しぶりに乗る路線にわくわくしているのだが、あまりに浩平が無邪気に鉄《てつ》ちゃんぶりを見せているので、同調するわけにもいかず、クールなふりを装っているのだ。年長者はつらい。

もっとも、俺たちだって周囲にどう見えているのかは疑問だ。カメラバッグと三脚、レフ板を抱えた三人の男女。タウン誌の取材班を装っているし、実際そんなふうに見えるだろう。

鮎観が膝《ひざ》に黒いカメラバッグを抱え、向かい側で所在なげに座っている姿はやけに幼く、とても一児の母とは思えない。

ついでに、自分がその父親であることも何かの幻じゃないかと思えてくる。

それにしても、煙草屋といい、うちの一族は全く人遣いが荒い。俺はボランティアでこの繕い仕事を引き受けているというのに、毎回当然のごとく呼び出されるのは納得がいかない。おかげで本業のほう（カバン職人だ）に皺寄《しわよ》せが来て、また夜なべ仕事にならざるを得ない。

「ねえ、遼平」

鮎観が立ち上がり、俺の隣にやって来てすとんと座った。

「池之端《いけのはた》の叔母《おば》さんが、あたしに再婚話持ってきたんだけど、どう思う」

あまりにさりげなく話しかけられたので、一瞬内容を把握し損ねる。俊平の家庭訪問でもあったのかと思ったが、さいこん、という単語にようやく身体が反応した。

「なんだとぉ？」

思わず大声を出してしまい、鮎観が「シッ」と唇に人差し指を当てた。

どぎまぎして周囲を見回すが、他の客は車窓の景色に気を取られていたので助かった。

「なんだってまた叔母さんはそんな話を。こっちの事情は知ってるはずだろ」

「叔母さんが言うことには」

鮎観はそっけなく肩をすくめた。

表情に乏しく見えるのは鮎観のほうの分家筋に共通している。まあ、とんでもない体験を過去に積み重ねてきた結果と未来も積み重ねさせられることへの諦観《ていかん》だろう。

「俊平には父親が必要だってのがひとつ」

「俺がいるじゃないか」

そう勢いこんでみるが、一緒に暮らしていないのだから説得力に乏しいことは誰よりも俺が承知している。

「もちろんよ。だけど、これから先もあたしたち一緒にはいられない」

鮎観が醒《さ》めた声で言った。

その声が、俺の心の温度もスッと下げてしまう。

アタシタチ一緒ニハイラレナイ。

分かっていたことが、形になると不意を突かれる。大人はつらい。

「で、もうひとつはなんなんだ」

俺は溜息《ためいき》混じりに尋ねた。

「もうひとつは」

鮎観はそう言いかけて、ふと遠くに目をやった。

「あのね、一言じゃ説明できない。いろいろ話は複雑なんだ」

「複雑なんだって――まさかおまえ、その話受ける気じゃないだろうな？」

思わず猜疑心《さいぎしん》たらたらの声を出してしまった。

鮎観はクールな見た目とは裏腹に情の濃い女だが、切るべき時はスパッと切る。こいつが「複雑」だなんて言葉を遣う時はロクなことがない。

「そんな気ないよ」

鮎観が即座に否定したので、内心ホッとした。その声にも偽りの響きはないような気がする。ま、女が本気で嘘をついたら、我々男どもが見破ることは不可能であるが。

「だったらなんで、そんな話俺にするんだよ」

「うーん、なんとなく知っといてほしかっただけ」

鮎観は俺のほうに身体を向けていたのを正面に向き直した。

彼女の膝が離れていくと、また猜疑心が湧いてきた。

もしかして、鮎観は俺を試したのではないだろうか。今の話自体作り話なのではないだろうか。

ふと、共通の友人のコトを思い出す。そいつは個人で会社を経営していたのだが、不況のあおりで少なからぬ借金を背負い会社を畳むことにした。その際、妻が借金の不利益を被らないようペーパー離婚をしたのである。妻子は実家に帰し、借金の整理が終わったら呼び戻すはずだった。そいつも妻も、当初は全くそのことに嘘偽りはなく、自分たちはあくまで書類上の離婚をするだけだと信じていたし、周囲にもそう説明していたのだ。

しかし、時間が経つにつれ、二人は互いに疑念を抱くようになった。実は、相手が内心では離婚したがっていて、この機会を口実にしたのではないかという疑念である。

そういう疑念はいったん心に忍び込むとなかなか消えないもので、実際、もうハンコはついてしまっているし、そう考えてみると相手の行動も怪しく見えてくる。

結局、一年もすると「本当の」離婚になってしまった、というのだ。

俺たちの場合は、とてもじゃないがそれとは比較にならぬ事情でこうなってしまったというものの、鮎観が某《なにがし》かの不安や疑問を感じていても不思議ではない。

今夜はゆっくり話を聞いてやらなくちゃ、と思ったところで頭に挿した簪《かんざし》がぶるっと震えたので、反射的に俺は背筋を伸ばした。

鮎観もかすかに顔を歪《ゆが》め、左の耳に手をやったのが分かった。

「痛むのか」

「うん」

二人で窓を振り返る。

窓の外には、えんえんと続く工場の壁が広がっているばかりで人影は全くない。

しかし、俺の箸はかすかに震え続けている。指先が痺《しび》れるような、馴染《なじ》みの感覚が蘇《よみがえ》ってきた。分かっている——長閑な日常を一枚めくったところに隠れている恐怖が、姿を現した時にもたらす痺れ。同時に、身体中を駆け巡る、アドレナリンのもたらす恍惚《こうこつ》も感じていることは先刻承知だ。

鮎観も耳を押さえたまま、じっと辺りを窺《うかが》っている。

いつのまにか、浩平が列車の連結器のところに立ってじっと天井を見上げていた。

俺と鮎観もそっと彼に近づく。

「いるのか」

「上」

例によって最少の言葉で返事をする浩平の視線は、ゆっくりと移動している。

かつ、かつ、かつ、かつ。

かすかに、しかし確かに天井の向こう側から聞こえてくる足音。

いる。奴らだ。こんな足音を立てるのはあいつらしかいない。

電車の車両の上に、奴らはいる。

「こんなところにいるなんて」

「『裂け目』はどこにあるんだろう」

鮎観と顔を見合わせた。

浩平は、音についていくようにソロソロと動き始めた。

ごととん、ごととん、という電車の揺れの音が耳に大きく響いてくるような気がした。

音は隣の車両に移ったようである。

俺たちも隣の車両に移動した。

こちらの車両は乗客が二人しかいない。どちらも中年男で、どういうシフトなのか分からないが夜勤明けとかそういう雰囲気だった。年季が入っているポーズで、二人とも腕組みしたまま見事に熟睡している。

ふと、片方の男に見覚えがあるような気がした。

どこかで会ったような――いや、よくある顔だし、気のせいかもしれない。

と、天井の足音がカツッ、という音を立てて止まった。

静かになり、電車のかたたん、かたたん、という音だけが響く。

俺たちも足を止め、天井に目をやったままだ。

気付かれた。

奴らも俺たちがここにいることに気付いた。上でもこちらの様子を窺っているに違いない。

電車ががくんと揺れ、大きなカーヴに差しかかった。思わず俺たちも重力が掛かって身体がよろける。

その瞬間を狙ったかのように、窓の外が暗くなった。

「グンカ」だ。

茶色がかった軍服、赤い星のついた帽子、窓ガラスに押し付けられた編み上げ靴の足の裏の模様。

カーヴで反動をつけて、ぶらんと外にぶらさがった「グンカ」がこちら目がけ、躊躇《ちゅうちょ》することなく手にしたナンブで撃ってくる。

「うわ」

たちまち、窓ガラスにビシビシと丸い穴が開いた。

ぶらさがって撃ってくるのは一人や二人ではない。

「グンカ」が鈴なり。鈴なり電車。頭に妙な言葉が浮かんだ。

むろん、俺たちも身体をかがめ、小刻みに車内を移動して抵抗する。俺は三脚を改造した銃で撃ち返すし、浩平はレフ板で銃弾を跳ね返す。

それにしても、今回は奴らの登場がやけに早い。大抵、もう少し間を持たせてから現れるものなのに。

「裂け目」が広がっているのではないか。

そう直感して背筋が寒くなった。

煙草屋の声が唐突に聞こえてくる。


——考えてもみな、江戸《えど》の成り立ちからして、ここはそもそも軍都として始まってんだ。造ったのは武士、即《すなわ》ち軍人だからな。司令部としての江戸城、要塞《ようさい》としての中心。奴らは自分たちこそがこの都市の主《あるじ》だと思ってるのさ。奴らの中では、まだずっと戦争が、戦《いくさ》が続いている。ちょいとでも油断すりゃ、街はかつての本性を顕《あらわ》すってこと——


ええい、うるさい。

煙草屋の声を打ち消し、俺は次々に窓の外にぶらさがる「グンカ」に集中する。

熟睡する客の足を踏みそうになったが、危うく踏みとどまった。

いつも思うのだが、こいつらは俺たちが日々、奴らと戦い首都の安寧に腐心しているというのに、目の前で繰り広げられている死闘に全く気付きもしない。

実際、見えていないのだろう。見えないところにひたひたと押し寄せる不穏な波も、自分が見ていると思っているものの真実の姿も。

と同時に、俺たちのほうがおかしいのかもしれないとも思う。ハリウッド映画を観ていると、しばしば正義の味方は思い込みと妄想でしかないと思えてくる。そう、ヒーローというのは肥大化した自己満足なのではないかと。

ならば、こうして戦っているつもりの俺たちも、実はそういう共同幻想を抱いているだけで、勝手に都市のダークサイドにおのれのアイデンティティを求めているのかもしれない。頼まれもしないことに生涯を懸けているより、電車の保線と運行に日々心を砕き努力を重ねている鉄道員のほうがよっぽど偉いし、それにも遥《はる》かに劣るのではないかという気がしてきてしまうのだった。

とまあ、そんなことを悠長に考えている暇もなく、電車は大きく回りこんでいき、ホームに滑り込むと、減速して止まった。

浅野《あさの》駅だ。

俺たちはホームに飛び出した。

車両の上にいた「グンカ」たちがわらわらと降りてきて、次々と長い踏み切りを渡っていく。

ここの駅は、いわゆる盲腸線と呼ばれる支線に分かれる始点に当たるのだが、線路が大きくカーヴしているために、あいだにある支線のホームが三角州のような形になっているのだ。

俺たちは「グンカ」を追って、そのホームに駆け上がる。

遠くから、銀色の電車がやってくるのが見えた。

踏み切りの植え込みにいた黒い猫が、毛を逆立てて鳴いた。

猫には「グンカ」が見えているのだろう。いったいどこにいたのか、他にも何匹か猫が現れて敵意に満ちた声を上げる。中には、「グンカ」の足に嚙《か》み付いているのもいた。

「グンカ」は苛立《いらだ》った様子で、まとわりついてくる猫を振り払い、蹴《け》りつけている。

「やめて、猫を蹴るのはやめて」

鮎観が血相を変えて叫び、「グンカ」に殴りかかった。

こいつは元々格闘技専門の女である。一見細身だがバネがあり、キックボクシングや極《きょく》真《しん》カラテで鍛えているから、一撃されると男でもかなりのダメージだ。猫をかばって大の男を半殺しにするのは矛盾しているような気がするのは俺だけだろうか。

が、奇妙だったのは、どうやら猫のうち実体のあるのは最初の黒猫だけで、後から現れたのは奴らと同じ世界に棲《す》む猫らしかったことだ。

「グンカ」に殴りつけられたり、蹴り飛ばされたりした猫は、ホームの壁や電車の壁に叩《たた》きつけられたとたん、まるで化石にでもなったかのように白く固まって壁に吸い込まれていってしまう。

いくら浅野駅がセメントで財を成した男の名から取ったとはいえ、これではポーの「黒猫」である。

俺たちに撃たれたり殴り倒されたりして、残り少なくなった「グンカ」たちは、ホームに滑り込んできた電車にしがみついた。

奴らは「裂け目」に戻るはずだ。ついていくしかない。

俺たちも電車に乗り込む。

パーン、と警笛が鳴った。

扉が閉まり、電車はゴトゴトと動き出す。まっすぐな線路は、やがて周囲に潮の香りを漂わせ始めた。

「海」

浩平がぼそっと呟《つぶや》いた。

見れば分かるのだが、人は海が目の前に現れると「海だ」と言わずにはいられない動物なのである。

海沿いに走る列車は、向こう岸に続く工場地帯と並走する。ブロックのおもちゃのように積み上げられたコンテナ。空をデッサン画みたいに横切るクレーン。京浜《けいひん》工業地帯。せっせと埋め立てられ、コークスが、セメントが、スチールが国家を造り上げる。鉄道が敷かれ、埋め立て地は日に日に、膨張するアメーバのごとく広がっていく。

海へ、海へ――

そしてそこには、全国から数多くの労働者が引き寄せられる。北陸から、沖縄から、あるいは朝鮮半島から。

今夜は沖縄料理にしよう。俺はそんな阿呆《あほ》なことを考えていた。

ふた駅しかない短い路線はすぐに終点に着く。

ホームに降り立つと、そこは海の上の駅である。

「いない」

電車の上を見た俺たちは、口を揃えてあっけに取られた。

車両にしがみついていたはずの「グンカ」が一人も見当たらないのである。

「どこに行った」

「ここに『裂け目』が?」

慌てて探すが、俺たち三人が三人とも「裂け目」を見逃すことなど有り得ないし、ほんの少ししか移動していないのだ。

「どこに行った？」

俺たちは泡を喰《く》って狭いホームを駆け巡り、ホームに隣接した細長い公園を右往左往した。この終点駅は、ある工場に直結しているため、従業員以外は降りられないことになっている。しかし、鉄道ファンや観光客のために、工場の持ち主である企業がわざわざボランティアで海沿いの公園を整備して供しているのである。

が、どこにも奴らの姿は無かった。見晴らしのいい公園と吹きさらしのホームである。隠れる場所はない。

俺たちは困惑して顔を見合わせた。

潮臭い海風がざらりと頰を撫《な》でる。

少しずつ日が傾き、海の表面が橙色《だいだいいろ》にかすんできた。

何かが変だ。

そう感じて何気なく来たほうの線路を振り返ると、遠くに風が見えた。

風が見える。

それがどんなふうに見えるのかと聞かれても、いつも説明に窮する。

雨の日の水溜《みずたま》りの上の油みたいに見える時もあるし、天を翔《か》ける龍のように見えることもある。薄墨色の霧が墨流しになっているように見える時もあれば、チューブから押し出した接着剤みたいに質感が感じられることもある。

だが、「裂け目」から噴き出す風だけは見間違えようもなく、不気味で異様な風だ。

浩平も、俺も、同時にその風を見て取った。

「嘘だろ」

俺は間抜けな声を出していた。

電車と並行して走っていた対岸の景色より更に奥の、摩天楼のように聳《そび》える銀色の煙突の群れを、その風は覆っていた。

いや、工場全体から風が噴き出していると言ったほうが正しい。

その風は、かすかに赤みがかっている。

なんというのだろう――いつも頭に浮かぶのは、「血煙が燃えている」という言葉だ。限りなく血の赤を連想させる色が、暗く輝いている。炎の赤とは違う。まるで熱を感じさせない、冷たくどろりとした血の赤が、ラメをまぶしたかのようにキラキラと輝くのだ。

「あいつら、フェイントかけやがった」

突然、思い至って腹が立った。

「電車につかまったふりをして、俺たちが乗り込んだらすぐに降りたんだ。それで、『裂け目』のあるあの工場に戻ったんだ。畜生、こんな単純な手に引っかかるなんて」

地団駄を踏んでいると、浩平が「でかい」と呟いた。

「あの工場全体が『裂け目』だっていうの？」

鮎観が引きつった声で呟くと、俺の顔を見た。その青ざめた顔を見て、俺のほうまで動揺する。

「遼平、あんなにいっぺんに『縫える』の？」

鮎観の声は恐怖に満ちている。

が、逆にその声を聞いてシャンとした心地になった。

「なんとかなるだろ。とにかく、戻るぞ」

俺たちはそそくさと降りたばかりの電車に乗り込み、発車を待った。ぼちぼち工場から従業員が帰宅を始める時間らしく、思いがけず沢山の人が乗り込んできた。

ようやく扉が閉まり、発車する。

通勤電車に乗って賊を追いかけるとは、やっぱり間の抜けたヒーローとしか言いようがない。

俺は自嘲《じちよう》しつつも、じりじりと車窓を気にしていた。

鮎観と浩平もしきりに窓の外に目をやっている。

日が暮れてくるにつれて、より「裂け目」の辺りの空が赤暗く見えてくるのだ。

鮎観の恐怖が乗り移ってきたような気がした。

あんなに大きな「裂け目」は見たことがない。どうしてこれまで気付かなかったのだろう。

プレッシャーに胃が重くなってくる。

「裂け目」は、しばしば火災や事故といった形で世に顕れる。小火《ぼや》で済めばいいが、時に大きな事故となって、現実の世界を侵食するのだ。あんな巨大な工場に「裂け目」があったら、どんなふうに現実に侵食してくるか――考えるだに恐ろしい。

浅野駅に戻ったものの、タクシーを見つけるのが大変だった。工場地帯のため、車を拾う人などめったにいないのだろう。結局、携帯電話で付近のタクシー会社の番号を見つけて車を呼び、やっと車に乗り込んだ時には、辺りは暗くなりかかっていた。

しかも、あそこに行ってくれ、と言おうにも今いる場所から見えない。ええと、その、と説明する言葉を探していると、鮎観がサッとデジタルカメラを取り出し、あの工場が写った写真を運転手に見せた。

「ここに行きたいんだけど」

意外なことに、運転手は一目で理解したようだった。

「ああ、お客さんたちもアレですか」

腑《ふ》に落ちたように頷《うなず》く。

「アレって？」

腑に落ちないのは俺たちのほうである。

「ホラ、工場が好きで、写真撮ったりバスツアーで来たりする、マニアっていうかファンっていうか。そこの工場は、中でも夜景が綺麗《きれい》だって有名でね。週末とか、よく来てますよ」

「へえー」

俺と鮎観が思わず声を上げると、「え、そうじゃないんですか？」と運転手が怪訝《けげん》そうな顔をした。

浩平がぼそっと呟く。

「萌《も》えー」

工場に萌えているわけではないが、工場が燃えたら困る。

俺たちはとっぷりと暮れ、人気《ひとけ》のない橋の上に降り立った。後で経費にできるよう、しっかりレシートを貰《もら》う。

「確かに、綺麗ね」

鮎観が感心したような声を出した。

目の前に広がるのは、この世のものとも思えぬ不夜城だった。

巨大な工場は、シンデレラ城もかくやという幻想的な眺めだった。

ガラス工場だと聞いたが、改めて工場というのはいったん動かし始めたら二十四時間操業なのだと納得した。

火を落とすのはずっと先で、機械を止めるまで夜通し働き続けるのだろう。あちこちから白い煙が上がり、青白く緑がかった明かりが、広大な敷地内の海にシャンデリアのように瞬いている。

そこここにうねり、幾何学的でいて官能的に絡みつくパイプやケーブルは、森を這《は》う根っこのよう。自動化が徹底しているのか、人気は全くない。

しかし、それでも工場全体がひとつの有機体のように脈を打ち、血液を循環させ、「生きている」ことは紛れもない実感だった。

こうしてみると、これが人工的な生産のための施設で、他人に見せるためのものでないということが不思議な気がしてくるほど、造形的にも視覚的にも美しい。

が、この思いがけぬ異形の美よりも俺たちをビビらせているのは、そこここから妖気《ようき》のように立ち上ってくる、赤く暗い風だ。

「裂け目」はすぐ近くにある。

鮎観が顔をしかめた。

「どうする。侵入したら、たちまち見つかりそうだね」

そもそも、どこから侵入すればいいのか分からない。高い塀に囲まれているし、乗り越えたりしたら一発でバレそうだ。

「待てよ、工場の内側というよりは、縁《へり》のところだな、風が噴き上げてくるのは」

俺は風の出所を見極めようと、浩平と一緒に目を凝らした。

「というより」

珍しく、浩平が長い言葉を発した。

「この橋？」

そうだ、と俺は思った。

「裂け目」はこの橋だ。この橋の向こうに工場があって、その向こうに海がある。だから、向こうから見てこの工場が「裂け目」に見えたのだ。

気付いたとたん、足元から赤い風が噴き上がってきた。

「うわっ」

風と共に、さっきとは比べ物にならない数の「グンカ」が橋の左右から這い上ってきて、周囲を取り囲んだ。

「こいつら、待ち伏せしてたわね」

鮎観が叫ぶ。

「遼平、ここはあたしたちでなんとかするから、早く『裂け目』を」

「よし」

俺は橋の欄干によじ登り、下を覗《のぞ》き込んだ。

見ると、ある。橋げたに沿って、巨大な目を思わせる「裂け目」が。

「裂け目」の内側は血管の内側のように暗褐色に輝き、そこに蠢《うごめ》く「グンカ」も見えた。

相当な長さだ。

俺は頭の簪を抜いた。髪の毛が大きく広がり、風になびくのを感じる。俺の髪は自慢じゃないが、いっぽんいっぽんが太くて黒い。

簪についた小さな風車が回っている。

俺は欄干から飛んだ。

広がった髪の毛が、ふわりと身体を浮かせてくれるのを感じる。先祖と同様、風が重力から守ってくれているのだ。

俺を囲むように、蝶《ちょう》が飛んできた。鮎観が飛ばしたのだ。蝶の群れが、奴らを「裂け目」の奥に戻してくれるはずだ。

しかし、なかなか俺は「裂け目」に近寄れなかった。

あまりにも「裂け目」の距離が長く、蝶たちが「グンカ」を「裂け目」の中に追い込んでも、また別のところから這い出してきてしまうのだ。

上で浩平たちが奮闘してくれているのは分かる。押し戻され、殴り倒された「グンカ」たちが次々と落ちてきて「裂け目」に吸い込まれていくからだ。

縫い始めてみたものの、なかなか捗《はかど》らない。飛び出してくる「グンカ」を三脚で撃ちながらでは特に。

「遼平！　どう？」

声が降ってくる。

「もっと蝶を出してくれ。奴らがまた出てきちまう」

「これが限界よ」

鮎観の悲鳴が聞こえ、やけっぱちのように更に多くの蝶が押し寄せてきた。

「うひゃあ」

こっちが窒息してしまうような多さ。こんなに沢山の蝶を出したのを見るのは初めてだ。蝶たちは、「グンカ」を黄泉《よみ》に連れていくために頑張っていた。蝶に包まれた「グンカ」が崩れ落ちるように「裂け目」に消えていく。

それでも、問題なのは、まれに見る「裂け目」の長さだった。

文字通り、縫っても縫っても終わらない。しかも、蝶たちは俺の頭にもまとわりついてきて（たぶん「グンカ」との区別がつかなくなっているのだろう）、視界を遮り、口元にも飛びついてくるので視界は悪く、息苦しくなってくる。

だんだん意識が朦朧《もうろう》としてくるのを感じた。

マズイ。気絶しかかっている。まだ縫い終わらないというのに、マズイ。しかし、息苦しいし、鱗粉《りんぷん》は顔に降りかかるし、いったいどうすればいいんだ？

しっかりしなくては、という意識とは裏腹に、目の前がぼやけ、薄暗くなってくるのを感じた。

こいつは危険だ。本当に、意識をなくしかけてるぞ、俺。

気が遠くなったとたん、辺りにふうっと白い風が吹いた。

白だと？　自分で自分に突っ込みを入れる。なんだそりゃ。

が、目の前にあった蝶がサッと吹き払われ、何かが目の前を横切るのを感じた。


白い蛇。


俺は自分の目を疑った。風を蛇に見間違ったのか？　しかし、上のほうでも鮎観が「あれ、蛇じゃない？」と叫んでいるのが聞こえた。

急に呼吸が楽になり、頭の中に霞《かすみ》がかかっていたのが晴れて明るくなる。

蛇が飛んでいる。いや、飛んでいるというよりも、宙を泳いで「裂け目」の上に落ちかかっていくと、「裂け目」の上にぴったり重なるように身体を伸ばして横たわった。

ちょうど、「裂け目」に蓋《ふた》をするみたいに。

あっけに取られていると、蛇は合図でもするように俺を見て、チラッと舌を出した。

俺は慌てて続きを縫い始める。蛇がうまい具合にまだ縫っていない部分の蓋をしてくれているので、今まで苦労していたのが嘘みたいにさくさくと縫えた。

蛇はとても神々しく、内側から白く輝いている。

縫い終えたとたん、蛇はいよいよ明るく輝くと、快哉《かいさい》を叫ぶように天を見上げ、それから動き出した。

見る間に、シャンデリアのように照明が瞬く工場の中にその巨体をくねらせてするりと入り込み、摩天楼のように聳える煙突や塔に絡みつくと、するすると遠ざかり、やがて溶け込むように建物と一体化した。

慌てて目を凝らしてみると、巻きついた蛇に見えたのは、工場を縦横に走るパイプにしか見えない。

「蛇」

夢見心地のまま、よろよろと欄干の上に這い戻ると、鮎観と浩平もぽかんと口を開け、蛇が去っていった工場を眺めているばかりである。

放心状態でさっきのタクシーを呼んだが、運転手は俺たちが工場の景色に感動したのだと思っているらしかった。

「私もね、お客さんに言われてハマルっていうんですか、綺麗だなーと思うようになりましたよ」

確かに綺麗だったが、あまりにも理解しがたい景色だったので、理性がついていかない。俺たちは三人とも無言だった。

ともあれ、「裂け目」は閉じた。これまで閉じた中でも最大だったのは間違いない。

「運転手さん、沖縄料理の店、どこか連れていってくれません?」

唐突にさっきの決心を思い出し、声を掛けたので、他の二人と運転手がびくっとするのが分かった。

「何よ、藪《やぶ》から棒に」

鮎観があきれた顔で俺を見る。

「いや、今日は沖縄料理にしようって決めてたんだ」

「なんでまた」

「泡盛」

浩平は、満足そうに頷いている。こいつは酒さえあればご機嫌だ。そういえば、俺は鮎観に来たという再婚話の内容を聞き出さなければならないんだっけ。

「じゃあ、私の知り合いがやってる店、紹介しますよ」

運転手が連れていってくれたのは、八丁畷《はっちょうなわて》の駅の近くの、小さな横丁にある家庭的な店だった。

俺たちは、まさに娑婆《しゃば》に帰ってきたような心地で暖簾《のれん》をくぐる。

ミミガーに島らっきょう、海ぶどうに島豆腐。

俺たちはガツガツと食べた。

ゴーヤチャンプルーを夢中でかきこんでいるうちに、ようやく人心地つき、店の隅に置いてある三線《さんしん》に気付いた。

沖縄の三味線。蛇の皮を使っているので蛇皮線《じゃびせん》ともいう。

「それでか」

俺が呟くと、鮎観が「なに」と聞きとがめた。

「あれさ。さっきの蛇だ」

俺の視線の先にあるものに、二人も気付く。

まさか、狙ったわけではなかろうな。三味線の猫の次は、三線の蛇とは。

「だから蛇だったのかしら。ほんとに？」

楽器に残っている蛇柄をしげしげと見つめ、鮎観が低く呟く。

「あの工場とか、この町を造ったのは、少なからずあっちの人たちだったんだろうなあ」

「ご先祖様が、こっちまで来て守ってくれたのかもね」

「これまでもさんざん『グンカ』にはひどい目に遭わされてるし、さぞ子孫が心配だったんだろうなあ。同じ海でも故郷の海とは全然違うし」

埋め立てられ、黒い煙が立ち上る。

「ご先祖様は、『グンカ』なんか絶対許せないよね」

「助かったなあ。あの蛇が来なかったら、俺、駄目だった。正直、あの時、気絶しそうだったもん」

思わず漏らすと、鮎観が不安そうな顔をした。

「そうだったの？」

「うん。またあんなでかい『裂け目』が出てきたら、どうしよう。別の方法を考えなくちゃ」

「そもそも、なんであんなに大きくなるまで気付かなかったのかしら」

「分からん」

「くだん」

泡盛を飲みながら、浩平が呟いた。

「え？」

鮎観と一緒に顔を見る。

こいつは何を言い出すのだろう。

「くだんって、このあいだ、錦糸町で出会った、あの顔のない女のこと？」

鮎観が尋ねる。

浩平は首をかしげた。

「わかんない。でも、あの公園にいた男、今日もいた」

「なんだと？」

浩平が最長の言葉を喋《しゃべ》ったことよりも、その内容にショックを受けていた。

「何、どういうこと？」

鮎観が俺と浩平の顔を交互に見る。

「電車の中」

浩平がそう呟いて俺を見る。

そうだ。俺も気付いていた。

あの、奥の車両で眠っていた男。どこにでもいるような顔だと思ったが、どこかで見たことがあるような気がしていたのだ。

そうか、浩平も気付いていたのだ。あの男、どこかで見たと思ったのは、あの時、錦糸町の公園のベンチでも居眠りしていた男だったからだ。

「あいつがくだんだっていうのか」

「さあ。でも、偶然とは思えない」

「何者なんだろう」

どうして、あの場にまたしても居合わせたのだ？　もしかして、尾《つ》けられていたのだろうか。なんでまた。

俺たちは黙り込んだ。

店の若い主人が三線を手にして、ほんの少しだけかき鳴らした。

「ここでライブもやるんですか？」

鮎観が尋ねると、主人は頷いた。

「週末にはやってますんで、またいらしてください」

「何か一曲聞かせてくださいよ。今日はそいつのおかげで助かったんだ」

「は？」

店主は目をぱちくりさせる。何か冗談を言ったと思ったらしい。

「はは、じゃ、BGM代わりに弾いてみます」

特徴ある音階をつまびきながら、店主はカウンターの向こうに戻っていった。店の中が、一気に沖縄の海辺にいるような雰囲気になる。

俺たちは、疲れてとろんとした目でそのメロディーを聞いていた。

蛇でもなんでもいい。非力な俺たちを助けてくれるのなら。願わくば、鮎観を再婚させないでくれるとありがたい。

俺は、半分捨て鉢な気分で、主人が抱える蛇皮線に祈った。

第三話　上野ブラッディ

麗《うら》らかな春、と言いたいところだが、正直に言うと、花見にはやや肌寒い午後である。天候は薄曇り。雨は降りそうになく、風はない。それでも空気は冷たく、足元から冷気が上がってくる。

今年は低温続きで例年よりも桜の開花が遅れているらしい。

雑踏の中、あたしはステンレスの業務用冷蔵庫の中のキムチを物色していた。上野界隈《かいわい》の端にあるこの通りは、古くから韓国料理店が並んでおり、キムチ横丁と呼ばれている。

「トマトキムチとゴボウキムチください」

あまり匂いがきつくないものを選び、袋を受け取って歩き始めた。肉は遼平が、酒は浩平が調達してくるだろう。

心なしか、自分の足取りが重くなっているのを自覚している。

この季節はあまり好きではない。木の芽どきというとおりに、いつもおかしなことが起きるし、気持ちがどこかざわざわして落ち着かない。四月は残酷な月、とはまさに日本のことなんじゃないだろうか。この国の春は別れと旅立ちの季節だ。

桜という花もうっとうしい。いつ咲くか、まだ咲かないか、咲き始めたか、いつ満開か、もう散り始めたか、まだ散らないか、ああ散っちゃった、と視界の隅にあの薄ピンク色の花が目に入ったとたん、誰もが浮き足立ってさまざまな強迫観念に駆られる。

もっとも、煙草屋に言わせると、日本人がそんなふうになったのは結構最近のことで、元々日本人にとって「花」といえば梅を指していたらしい。

梅から桜というシンボルの転換は、日本人にとって結構大きかったんじゃないだろうか。梅の花はちまっと枝にくっついていて、あんまり「散る」という印象がない。蕾《つぼみ》がほころび始めても、自己主張せずどこまでもつつましい。桜の花が、露出狂がマントを広げてみせるみたいにガバッと脅迫的に咲くのとは大違いで、手の届くところでゆったりと愛《め》でられ、心の平穏を保てる。

梅が存在感を示すのは、香りのほうだ。あのピンと張った弦のような緊張感のある香りは、いつもハッとさせられる。そう考えてみると、桜はビジュアルが派手な割にほとんど香りがない。現在植えられている染井吉野《そめいよしの》のほとんどがクローンだからかもしれないけれど、あれだけ狂ったように咲き誇る桜並木でも、ほとんど匂いがしないというのは不気味な気もする。

そんなことをとりとめなく考えながら、あたしは雑踏の中を歩いている。

一応、カメラバッグは習慣で持っているけれど、今日は仕事ではないので、比較的気楽だが、義務という点では変わりない。

宴会というのは、行ってしまえばそれなりに楽しいのだが、行くまでが結構面倒臭いものだ。特に、例年の行事というのは儀礼化しがちだから、なんとなく堅苦しく抵抗がある。

そういえば、去年の今ごろは俊平の入学式だったっけ。遼平と一緒に保護者として参列していた時、あたしは何度も奇妙なイメージが浮かんでくるのに戸惑っていた。

なぜかは分からない。けれど、小学校の天井の高い古い講堂の中で、建物全体が生い茂るジャングルに呑《の》みこまれていくところが浮かんだのだ。

植物とは本来獰猛《どうもう》なものだ。池之端の叔母《おば》さんのうちでは、ベランダの植物が壮絶な生存競争を繰り広げている。へちまや朝顔だけでなく、そこには昆虫や鳥も参戦し、日々K－1並みのバトルが開催されているのだ。

けれど、あの時の幻の中の植物は、へちまなのか朝顔なのかは分からなかった。あたしは花が咲かないと、その植物が何なのか見分けることができない。葉っぱの形とか、模様を見れば分かるでしょ、と叔母さんは言うのだが、花が咲いてみないと分からないほうが普通だと思う。

とにかく、それらは音もなくそこここから生えてきて、壁を覆い、柱に巻きつき、校歌の伴奏をしているピアノの蓋《ふた》を押し上げ、みるみるうちに講堂全体を締め付けていった。ぎしぎしと、建物が悲鳴を上げる音を聞いたような気がした。

ああ、緑に呑まれる。

あたしはぼんやりとそんなことを考えていた。

この都市の、最後の勝者は彼らなのだ。すべては緑に抱きしめられ、包まれ、呑み込まれていってしまうのだ――

ちくっ、と左の耳が痛み、あたしはハッと夢想から醒《さ》めた。

反射的に足を止め、周囲を見回す。

平日の午後。行き交う人々。上野《うえの》駅近くの雑踏。老若男女、日本以外のアジア人、欧米人、中東系――

耳を澄まして気配を探るけれど、何も感じない。

気のせいだったのだろうか。

あたしは用心しつつ、再び歩き出した。
坂を上っていくと、美術館や博物館目当てと思《おぼ》しき客と、花見の宴会客とが混ざってい
るが、だいたい見た目でどちらかが分かる。女性数人のグループでのんびりしているのが
前者、中年男性グループ及び若者が混じっていて、これから試合に向かうスポーツ選手の
ような殺気をどこかに漂わせているのが後者だ。
あたしはどちらに見えるだろう？　やはり後者だろうか。
上野界隈は、空が広い。
不忍池《しのばずのいけ》もあるし、周囲にあまり高い建物がないのでそう感じるのかもしれない。
上野公園に足を踏み入れると、その印象は更に増す。
そして、その気配を感じる——日本人の「花」が年に一度の晴れ舞台を勤め上げようと
手ぐすね引いている気配を。
既にそこここで宴会が始まっているようで、酔客の狂乱の予感がさざなみのように地面
を伝わってくる。
あたしたちの花見の場所はいつも同じなので、もう行くべきところは分かっているのだ
が、あたしはいつも上野の大仏様にお参りしてから向かうことにしていた。
やっぱり、そのシマの顔には挨拶《あいさつ》しとかなきゃ、という体育会系なプレッシャーを感じ

るからだ。

奥まったところにある上野の大仏様のところは、そんなに人もいなくていつも静かだ。

もっとも、大仏様といっても今あるのは顔だけで、額縁みたいな壁に、仮面みたいな顔が嵌《は》め込んである。

もともと寛永寺《かんえいじ》の敷地内にあった大仏様は、関東大震災で首が落ちた上に、第二次大戦の時には胴体を軍に供出させられて、住職が木にくくりつけて隠していたという顔だけが残ったそうだ。これ以上「落ちない」ということで、受験生のあいだでは合格祈願の対象となっているらしい。

どうして大仏ってパンチパーマなんだろ。

その昔、空手部の友人と話し合ったことがあった。

そりゃあ、やっぱり、舐《な》められちゃいけない、ってことじゃないの？

サナエは、空手に対しては一種天才的なところがあったが、それ以外はからきしだったっけ。なにしろ、高校生まで四国を県名だと思っていた女だ。

睨《にら》みをきかせるには、やっぱりパンチパーマでしょ。

なぜか彼女はそう言いつつ手刀を切った。

そうかなあ。じゃあ、大仏様にあやかってパンチパーマを発明したわけ？

違うよ、大仏のほうがパンチパーマを真似したんじゃないの？

サナエは、あれは絶対本気で言っていたと思う。

今は髪の部分がない、大仏様の顔を拝みながら、パンチパーマにしたのは、大仏様がものぐさだったからじゃないだろうか、と考える。

噂によると、パンチパーマはあまり洗わずに済む上に、洗った時もスタイリングの必要がないので、ほったらかしにしておけるらしい。座りっぱなしで何万年も（たぶん）衆生の救済を祈っているのだから、そうそう風呂《ふろ》に入っている暇はないだろう。

大仏様から離れようと目を開けたとたん、またちくっと左の耳が痛んだ。

ああ、やだ。

あたしは顔をしかめた。

「グンカ」のせいではなく、春の記憶のせいだと気付いたからだ。

思い出したくもないが、はるか昔、あたしの耳が切られたのも、こんな肌寒い早春のことだったっけ。


ぶらぶらと公園の中を歩いていくと、恐らく昼過ぎから陣取っていると思しき連中の宴会がアグレッシブに遂行されていた。

たぶんこの辺りだろうと思ったまさにその場所に、見知った姿が見える。奥まった、ちょっとひっそりしているが、しかしまさに咲き誇ろうとする桜の木の下にいる三人の男。

いつも感心するのだが、なかなかいい場所だ。どうやって毎年この場所を確保しているのだろう。煙草屋の神通力だろうか。

あたしは、ちょっとだけ立ち止まり、宴会の準備をする男たちを眺めた。

頭に小さな風車のついた簪《かんざし》を挿し、意外にかいがいしく働いて宴席を整える遼平。

大事そうに一升瓶を抱え、やはり酒の準備に余念のない浩平。

そして、なぜか目にするといつも円空《えんくう》仏を連想する、三頭身（印象としてだが。本当はもうちょっとあるだろう）の煙草屋。

座りのいい置き物みたいな男で、こういう形をした根付をどこかで見たことがあるような気がするし、実際、ああして座っている煙草屋の姿を根付にしたら、デザイン的にちょうどいいのではないだろうか。左手を太ももに当て、わずかに右に身体を傾けて煙草を吸っているポーズが定番なので、紐《ひも》を通すのは、あの左腕と脇のあいだだ。

煙草屋の年齢が本当は幾つなのかは知らない。

煙草屋はいつも煙草屋だったし、あたしが物心ついた時には既に煙草屋だった。看板娘とまではいかないが、いつ見てものっそりと店先に座っている。

風雅一族の中でも重鎮で、みんなが彼に畏敬《いけい》の念を抱いているのは幼い頃から感じていたが、彼が表面に見せている顔は氷山みたいにほんの少しなので、何を考えているのか、何を知っているのかはほとんどが水面下だ。

普段は一方的に彼から「予報」を教えてもらうだけなのだが、年に一度の慰労会だか感謝祭だか総会みたいなのが、この花見なのである。

「おお、鮎観、こっちこっち」

遼平があたしに気付き、馬鹿みたいに手を振る。相変わらず、大人としての重みがない男だ。浩平が野球帽のひさしをちょっと握って見せたのは、一応彼なりの挨拶だ。就職して、少しは大人になったらしい。煙草屋は、ひらりと手を挙げて会釈する。まあ、これが普通の大人というものだろう。

近付いていくと、ありがたいことに、地面にはマットが敷いてあり、その上にじゅうたんが載せてあった。ゴツゴツしたところに長時間座っているのはつらいので助かる。それに、これなら地面の冷気が少しは防げるだろう。

「キムチ買ってきたわ。トマトとゴボウ。豆大福といちご大福も」

あたしは抱えてきた包みを開ける。

既に、幾つかのお盆の上にトンカツと焼き鳥が並べられていた。遼平はいつもこの組み合わせを用意する。

「やっぱり、勝ちを取りにいかないとな」

と、いつもつまらない冗談を呟《つぶや》くのも同じである。

煙草屋が持ってきた、重箱もいつも通りだ。彼はいつもどこかの馴染《なじ》みの小料理屋で花見弁当を詰めてもらってくるらしい。蕗《ふき》や椎茸《しいたけ》の煮しめ、焼き筍《たけのこ》、西京漬けの焼いたの、と春らしいメニューはほぼこの重箱に頼っている。

「では、花に乾杯」

煙草屋が簡潔な音頭を取り、みんなで真面目くさった顔で杯を干した。

「風にも乾杯」

遼平が、杯を掲げ、それにならってもう一度。

「鳥は？」

浩平が呟く。

「そこにいるじゃないの」

あたしは焼き鳥を顎《あご》で指した。

「月は見えんな、今日は」

煙草屋がぐびりと杯を空けた。

ああ、そうだ、あたしたちの花見はいつもこんな感じだった。

いつも乾杯をする度に、あたしはようやくそのことを思い出す。

このとりとめのなさ、現実感のなさ。

「どっかの知事やら首長やらが、何か弔事があると花見を自粛しろとか花火をやめろとかいうが、あいつらは本当に馬鹿だな」

煙草屋がのんびりと話し始めた。

彼の口調は眠たげでおっとりしているので、この声だけを聞いていると、とても重鎮とは思えない。ただの煙草屋のご隠居である。もちろん、実際煙草屋のご隠居でもあるのだが。

「花見も花火も、祭りと言われるもののほとんどが鎮魂の行事だもんね」

遼平がトンカツをほおばりながら頷《うなず》いた。

「ン」

煙草屋はゆっくりと煙管《キセル》に煙草を詰め始めた。

「たぶん、花という言葉自体が、死の同義語に近いんだろう。花の散る季節は、疫病が流《は》行《や》りだす季節でもある。祇園《ぎおん》祭は疫病封じの祭りだし、花というのは疫病のメタファーでもある」

煙管というのは、時間と空間を過去に引き戻す力が強いような気がする。そもそも、煙草というもの自体、時間を吸っているようなものだと思う。

「桜は、散るところからいって死者のイメージが強い。桜の森には鬼がいる。桜の木の下には死体が埋まっている。近代以降のイメージは特にそうだな」

遼平はトンカツをむしゃむしゃ嚙《か》みながらも明確に喋《しゃべ》る、という彼の特技を発揮していた。

死者。

あたしは、思わず周囲を見回していた。

桜の花見をしていると、確かにいつも周りに死者が紛れこんでいるような気がする。

それは、昼でも夜でも同じだ。これだけ多くの人々が飲み食いして騒いでいたら、少々死者が混ざっていても分からないのではないか。昼の公園の隅の桜の木の下に、夜の提灯《ちょうちん》の影絵の中に、かなりの死者が混ざっている。逆に、あたしが死者なら、花見の席ならするりと入り込めそうな気がするし。

「それに、ここ上野公園はまさに死者の地、死者の宴《うたげ》の地だからな」

遼平は、ゆるりと辺りを見回した。

その視線が、ぴたりとある位置で留まる。

「おい、あれは」

彼の目が見開かれ、あたしたちは思わずそちらに目をやった。


遼平の視線の先にあるもの。

薄桃色の桜を背景にして、そこここで宴会に興じる人々。

どんどん新たな客が合流してきて、いつのまにかちょっと目を離したあいだに人口密度が格段にアップしている。

が、彼が見ていたものにあたしもすぐに気付き、ハッと腰を浮かせた。

「――俊平？」

すぐそこに、屈託のない笑い声を上げて走り回っている男の子の姿がある。

あたしは一瞬、混乱した。

え？　お父さんが連れてきてくれた？　そんな予定だったっけ？

しかも、俊平は一人ではなかった。

同い年くらいの女の子と一緒にいる。活発そうな、ちょっと茶色い髪をした、どこかで見たような顔。

「俊平？」

あたしと遼平は顔を見合わせた。

おまえ、連れてきたのか？　お義父《とう》さんに頼んだのか？

その目がそう言っている。あたしは左右に首を振った。そんな予定にはなってない。もし来るなら、お父さんが連絡を寄越《よこ》さないわけがない。第一、今日はプレ入学したばかりの塾に行っているはず。

「じゃあ、あれは誰なんだ」

「すみません、ちょっと見てきます」

あたしたちは煙草屋と浩平に会釈すると、慌てて靴を履いた。

「――気をつけろ」

煙草屋が猪口《ちょこ》を傾けつつ呟《つぶや》いた。

「桜の木の下には魔物がいるぞ」

耳の端っこでそんな声を聞きつつ、あたしたちは男の子を追った。いつのまにか女の子と一緒に駆け出し、背中が小さくなっている。

「どういうこと？」

あたしは遼平を疑いのまなざしで見た。あたしでないのなら、遼平が呼び出すか何かしたとしか思えない。ごくたまに、彼は気まぐれでそういうことをする。

世の中には二種類の人間がいる。それは、何かする前に連絡をする人としない人だ。遼平はもちろんしないほう。俊平が何度か行方不明になったと大騒ぎになったことがあったが、それはいつもあたしや父に連絡を寄越さず俊平を連れ出した彼の仕業だった。

すまんすまん、急に顔見たくなっちゃってさ。

そりゃあ、普段はなかなか会えない、可愛い自分の息子なのだから無理もないが、俊平がいないと気付いた瞬間に凍りつくあたしの身にもなってほしい。離婚した父親が連れ出すのを誘拐だと騒ぎ立てるのも至極納得だ。あたしへの連絡もなしに会いに来たり連れ出したりされると、死ぬほど心配させられた反動でものすごく腹が立つ。

「俺じゃないってば」

遼平は必死に否定する。さすがに、これまでの罪状に対する自覚はあるらしい。

本当にあの子は俊平なのだろうか。

小さな背中を追っているうちに、ふと違和感を覚えた。とてもよく似ているけれど、なんとなく肩やふくらはぎの線が違うような気がする。

もっと気に掛かるのは、隣にいる女の子だ。なぜ知っている気がするのだろう。どこで見た顔だったろう。なんだかもやもやした、不穏なものを感じる。

「ねえ、あの子誰?」

「だから、知らないってば。俊平の友達じゃないのか」

遼平が苛立《いらだ》ちを見せたが、あたしは上の空だった。

何かがおかしい。俊平は、あんな服を持っていない。それなのに、あの服、なんとなく見覚えがあるのだ。

「ていうか、変ね、どこかで見たことがある気が」

子供たちの背中は、なかなか近付いてこなかった。子供の足に比べたら、あたしたちのほうがずっと速いはずなのに。

花見客の喧噪《けんそう》はどこまでいっても途切れなかった。

ふと、子供たちを追いかけているうちに、少しずつ周囲の色が変わっていくような気がした。

なんだろう、この感覚。まるで古い映画の中に入っていくみたいな感じ。

突然、左の耳がちくりと痛んだ。

あたしが顔をしかめると、遼平がそれに気付いた。

「痛むのか?」

「一瞬ね」

平静を装って小さく頷く。

いつのまにか、喧噪が消えていた。

正面に、恐ろしいほどに咲き誇った、巨大な桜の木がそびえている。

大きい。なんて大きな桜の木だろう。黒っぽい幹は、ごつごつしてまるで岩のようだし、とんでもない存在感を漂わせている。

子供たちはその木の下で、ひらひらと散っていく桜の花びらを追っていた。

「ここ、どこだ?」

遼平が声を低めた。

あたしたちは、いつしか足を止めていた。

酔客も、花見客もいない。

どこかの寺の境内なのは間違いないが、辺りはとても静かだった。

薄曇りで少し肌寒いのはさっきと同じ。少し雲が厚くなったみたいで、桜の花と曇り空の境界線が溶けかかっている。

きゃっきゃっと声を上げて、桜の木の下で子供たちが飛び跳ねていた。

あたしと遼平は、二人を遠巻きにしつつも、少しずつ近付いていく。

ふと、女の子のほうが何の気なしに振り向いた。顔が見える。

髪の毛と同じように、目も少し茶色っぽい。勝気そうなまなざし。

「おい」

遼平が声を上げたのでぎくりとする。

同時にあたしも気付いた。

女の子が、不思議そうにこちらを見ている。オレンジ色のセーター。緑色のズボン。


あれは、あたしだ。


またしても、あたしと遼平は同時に顔を見合わせた。つまり、あの男の子は俊平ではなく——遼平なのだ。

道理で見覚えがあるわけだ。あの服、子供の頃、気に入っていたっけ。遼平の服も記憶にある。

「どうして」

「しっ」

呟くあたしを遼平が制した。女の子が何か歌っている。いや、歌っているというよりも、読み上げているというべきか。

誰が風を見たでしょう、
私もあなたも見ていない、
けれど木の葉を震わせて、
風は通りぬけてゆく。

誰が風を見たでしょう——女の子は澄んだ声で繰り返していた。そうか、今はこんなにドスの利いたハスキーボイスだが、かつてはあんな可愛らしい声をしていたんだっけ。

気に掛かるのは、彼女の耳に傷が見当たらないことだった。

つまり、まだあれより前。

そのことに、遼平も気付いたようだった。

「これはいったいいつのことだ?」

「小学校には入ってるみたいね。あのセーター、三年生まで着てた覚えがあるから」

「これ、『グンカ』の仕業なのかな」

遼平は、用心深く周囲を見回した。

どこかに「裂け目」があるのかもしれない。今にも奴らが這《は》い出してきて、襲いかかってくるのではないかと身構える。

「違う気がする」

あたしはぼんやりと呟いた。嫌な予感がする。もしかすると、これは。

突然、女の子は歌うのをやめて振り向いた。男の子もそう。

二人でじっと背後を窺《うかが》っている。

「何を見てるんだ」

遼平が囁《ささや》く。

「――幽霊よ」

そう答えるあたしを遼平が振り返り、ぎょっとした顔になる。

よほど、あたしが青ざめていたのだろう。

背中にじわじわと冷や汗が浮かんでくる。これから目の前で起こるであろう光景。その記憶が身体の底からゆっくりと浮かび上がろうとしていた。

見える。

二人の子供の視線の先にあるもの。

耳を澄ますと、ざっ、ざっ、ざっ、という音がした。規則正しいようだが、時々リズムが乱れて、ざざっ、ざざっ、という何かをこするような音がする。

風雅一族は風を見るのを生業《なりわい》としているが、個人の能力には差があった。どのくらいの年齢で能力が発露してくるのかにも個人差がある。

日和見主義、風見鶏《かざみどり》。風を見るというのはあまりいい印象がないかもしれないが、同時に我々一族は火種から火の手が上がる場所を見極め、火消し稼業をも勤めてきたのだ。

遼平は、小さい頃からよく風が見えた。あたしはそうでもなくて、遼平に「あれ」とか「あそこ」とか言われても、彼が見ているものがよく分からなかった。

その代わりといってはなんだが、あたしは風を見るよりは聞くほうが得意だった。何かの気配を、耳で聞き取っていた。

耳にも利き耳というのがあるとすれば、あたしは左だった。今、目の前でも、女の子は左側の耳を突き出している。無意識のうちに、耳で視覚を補おうとしているのだ。

「あれは」

遼平がかすれた声を出した。

どうやら、彼も思い出してきたらしい。

ざっ、ざっ、ざっ。

音が近づいてくる。

ざざっ、ざざざっ、というリズムを乱す音も。

やがて、それが見えてきた――今のあたしなら、はっきりと見える。

それは、最初、砂の上にぺたぺたと押された足跡の形で現れた。

「グンカ」ではない、縄目のついた、草鞋《わらじ》と見られる足跡である。

奇妙な風景だ。誰もいない砂の上に、バラバラと足跡だけが増えていくのだから。

足跡は整然としていたが、時折乱れて、重なりあった。どうやら、ケガ人がいるらしい。

それも一人ではなく、誰かに抱えられてようやく移動している者もいるようだ。

子供二人は凍りついたように動かなかった。だるまさんがころんだ、の待ちのポーズ。

男の子は両手を腰の辺りに突き出したままだ。女の子は、左耳を突き出している。

ダメ。そのポーズはダメ。お願い、耳を引っ込めて。

あたしは心臓がばくばくいうのを強く感じる。

そこのお嬢ちゃん、何も知らない馬鹿なお嬢ちゃん、そんなふうに無防備に耳を突き出すのはやめて。

やがて、足が見えた。

草鞋履きの、血と埃《ほこり》にまみれた足。それが、まるで黒っぽい足袋《たび》が行列して進んでいくかのように見えてきた。

かなりの人数。よろめき、倒れそうになりながらも行列は進んでいく。

じわじわと見える部分が増えていく様子は、地面から何かがせり出しているようにも、空中から浮かび出してくるようにも見える。

泥だらけの脚絆《きやはん》。赤黒く固まった血で、どれもごわごわと強張《こわば》り、もはや布なのか剝《む》き出しの傷ついた皮膚なのかも見分けがつかない。

子供二人と同じように、あたしと遼平も身体を動かすことができなかった。

今や、目の前を進むのは、満身創痍《そうい》の侍たちだった。

眼光を残すものは僅《わず》か。

文字通り、幽霊のように、落ち窪《くぼ》んだ眼窩《がんか》を並べて、葬列のごとく進んでいく。

男の子は、真っ青になって、かすかに震えていた。

目が大きく見開かれており、目の前を行く落ち武者の群れがはっきり見えていることが分かる。

しかし、女の子のほうはそうではなかった。

あんな異形の群れを目にしていたら、とてもあんな平気な顔はできなかったろう。

だが、すぐそばを行く異様な気配だけは感じているらしく、それを聞き取ろうとますます左耳を突き出しているのだった。それどころか、さっきから少しずつ彼女は行列に近付いている。

付かない。


「やめて」

あたしは思わず叫んでいた。

「寄っていっちゃダメ」

男の子が、行列に近付いていく女の子に気付いた。

慌てて手を振り、引き返せと合図する。口をぱくぱくさせているのだが、女の子は気が付かない。

左耳をずっと突き出していて疲れたのだろう。

かすかにバランスを崩し、足元の砂がザッ、と耳障りな音を立てて飛んだ。

「ひっ」

あたしは思わず両手で顔を覆っていた。

このあと何が起きるかあたしは知っている。

指の隙間から、侍の一人が足を止めたのが見えた。

彼の視界に、耳を突き出している小さな女の子が入ってきたのに違いない。

侍の落ち窪んだ眼窩に、鈍い光が宿った。

女の子の姿を認めたのだ。

少し考える素振りをしてから、彼は腰の刀に手を掛けた。ゆっくり鞘《さや》から抜く。

あちこち刃《やいば》が欠け、血糊《ちのり》が付いていたものの、まだ全体の形はしっかりしていた。子供一人を斬るのは難しくないだろう。

ゆっくりと刀を振り上げる。

その刀の軌跡の中には、女の子の首がすっぽりと入っていた。あのまま振り下ろせば、首が飛ぶ。

「やめろーっ」

隣の遼平が叫んだ。

と、男の子がビクッと全身を震わせた。

突然、身体が動かせるようになったらしい。ダッと女の子に駆け寄り、腕をつかんでぐいと引き戻した。

刀が白く翻る。


あたしの左耳が、爆発したかのように熱く弾《はじ》けた。

頭の中に閃光《せんこう》が射したかのように、全身を痛みの稲妻が走り抜ける。

耳たぶから、炎が噴き出したように感じた。

いや、実際、噴き出していたのだ。

あたしは声にならない悲鳴を上げて、耳を押さえてその場に崩れ落ちた。

遼平があたしを抱え込む。

「鮎観っ」

が、その凄《すさ》まじい痛みは一瞬で、ほんの少し間を置くと、あたしは自分が呼吸できることに気付いた。

耳の痛みは残像のようで、まだとてつもない痛みが続いているようでもあるし、何も感じていないようでもある。

遼平にしがみつきながら、あたしはなんとか目の前の光景に視線を戻した。

そこでも、男の子が女の子の身体を抱え込んでいた。

耳を押さえて泣き叫ぶ女の子と、彼女の名前を叫び続ける男の子。

と、桜の花びらが一斉に散り始めた。

凄まじいまでに咲き誇った老木の桜が、それこそ吹雪のように散り始めている。

いや、それはよく見ると淡いピンク色をした大量の蝶《ちょう》だった。桜の花びらと混じりあい、ほとんど見分けがつかない。

蝶は、落ち武者たちに吹き付けるようにして覆いかぶさっていった。

たちまち人間の形をした淡い桜色の彫像が出来上がっていく。

男の子は、その桜吹雪と蝶吹雪を呆然《ぼうぜん》と見上げていた。

あたしと遼平も。

すべてを覆い尽くすような桜吹雪が、落ち武者も、二人の子供も掻《か》き消していく。

二人の姿が見えなくなる寸前、男の子がちらっとこっちを見た。

口が「あ」の形になる。


桜吹雪が掻き消えると、周囲に喧噪が戻ってきた。

遠くのほうで、酔客の歓声と笑い声が聞こえる。

あたしは左耳を押さえたままで、遼平はあたしを抱え込んだままだ。

二人でぼんやりと佇《たたず》んでいたのは、「落ちない」大仏の顔のまん前だった。

きょろきょろと周囲を見回す。いつのまに、こんなところまで来ていたのだろう。

近くにいた学生カップルが、あたしたちを見てひそひそ何か囁きあっている。

別れ話にこじれている不倫カップルみたいに見えたのかもしれない。確かに、真っ青になってしがみついて突っ立っているあたしたちはかなり不気味だ。

なんとなく気詰まりになり、二人でそそくさとその場を離れた。

「──『グンカ』じゃなくて、彰義隊《しょうぎたい》のほうだったのか」

遼平が呆《ほう》けた声で呟いた。

あたしはまだ耳を押さえたままである。

先端が少し短く、不恰好《ぶかっこう》なあたしの左耳。

痛みはもうないのだが、何かが起きる時だけ痛む、あたしの耳。

「ああいう状況だったって、すっかり忘れてたわ。こんな季節だったってことは覚えてたんだけど」

「あんな奴に斬られたってこと、俺も忘れてたよ。パニックだったもんな」

花見客の群れが動き回っている。

それが、なぜだかさっき見た落ち武者の群れのように見えて仕方なかった。

「上野の森は、上野戦争の跡地、か」

遼平が溜息《ためいき》のように言った。

「どうして今年に限ってあんな変なものを見たのかしら──ううん、思い出したのかしら」

夢から醒めたような心地だった。

確かに見た。俊平そっくりの遼平。

遼平も一緒に見つけた。だから、こうして一緒に追ってきた。確かにあの二人の子供はいたし、あの子たちについてここまで来たのだ。

だけど、何年もここで花見をしていた。なのに、これまでこんな体験をしたことはなかった。

「俊平が、小学生になったからかなあ」

遼平がぼそっと俯《うつむ》き加減で呟いた。

「あの時の歳に近付いたんだ」

あたしはギクリとした。

もしかして、俊平もそろそろ似たような体験をしているのではないか。ひょっとして、今、あの子も何かを見ていたのでは?

不安が込み上げてきて、思わずポケットの中の携帯電話を握り締めていた。

あの子の声を聞きたい。何か起きなかったかと、遠回しに聞いてみたい。

が、今は塾の時間だと思い出し、なんとか電話を掛けるのを思いとどめた。

それでも、未練がましく携帯電話の画面を見ると、メールが一件届いていた。

開けてみると、無題でたった一行。

『ダイジョウブ?』

「それよりも」

遼平が、ハッとしたようにあたしを見た。

「なんか俺、ものすごいこと思いついちゃった」

「何よ」

自分の声がしゃがれ声になっているのに驚く。

「ひょっとして、さっき俺があの時の俺に声を掛けたから、鮎観は助かったんじゃないか?」

「え?」

一瞬、意味が頭に入ってこなかった。

遼平はもごもごと言いにくそうにした。

「いや、その、さっき、俺がやめろって叫んだ時、あいつビクッとして鮎観を引き戻しただろう? あいつが引き戻してなかったら、鮎観は殺されてたかもしれない。しかも、あいつ、俺を見た。俺の声が聞こえたから、どこから声がしたのか振り向いたんだ。俺と目が合った」

あたしは内心アッと叫んだ。

確かにそうだ。

あの子は遼平の声を聞いて、それまで固まったかのように動けなかったのに、いきなり動けるようになったのだ。

あたしは呆然と遼平の顔を見た。

そんなことがあるだろうか？　過去のあたしが未来の遼平に助けられたということなど？　パラドックス的にはどうなるのか？

「命の恩人ってこと？　遼平が？」

あたしが不機嫌な声を出したので、怒っていると思ったらしい。

「いや、その、まさかね」

遼平は頭を掻いた。

そうなのかもしれない。そうでないかもしれない。

「あー、しかし、寿命が縮んだな。飲み直さなくちゃ」

命の恩人説はともかく、その意見には賛成だった。

動揺していたせいか、自分たちの花見の場所を見つけるのに手間取ってしまい、やっと煙草屋と浩平の姿を見つけた時には思わず安堵《あんど》の溜息が出た。

煙草屋があたしたちを見つけ、何かを感じ取ったのか、小さく頷いてみせる。

確かに、桜の下には魔物がいた。

誰が風を見たでしょう、

不意に、過去のあたしの澄んだ声が蘇《よみがえ》った。なぜあんな歌を歌っていたのだろう。あの頃のあたしには、まだ風は見えなかった。そのせいで、あんな目に遭ったのだ。それでも、何かを感じていた。何かを聞き取っていた。だから、あの歌が印象に残っていたに違いない。

誰が風を見たでしょう、
私もあなたも見ていない、
だけど木の葉を震わせて、
風は通りぬけていく。

第四話　大阪アンタッチャブル

「――暑い」

新大阪駅の改札を出て、俺の口から最初に出た言葉がそれだった。

むろん、夏は暑い。日本全国どこでも暑い。東京だって激しく暑い。しかし、関西の暑さとは一味違う。東京の暑さは都市の暑さだ。鉄の熱さ、アスファルトの熱さだ。

しかし、大阪は違う。こちらの暑さは、人間の体温の熱さだ。積もりに積もった、人間の情念と怨念《おんねん》の熱さ。そんな気がする。だから、なんとなく上方《かみがた》は苦手だ。風も身体も重く感じられる。

そんなことを考えながら昼下がりの大阪中心部を歩いている。

「面妖《めんよう》」

隣で浩平が呟《つぶや》いた。

言いたいことはよく分かる。

既に、なんとも言えない、イヤーな気配の予感がある。ひと山向こうで暗雲が垂れこめ、低気圧が接近していて、昔ケガした膝《ひざ》がじきに痛みだすのが分かる、みたいな感じ。

正直に言うと、これは梅田《うめだ》に出た時から薄々感じていたのだ。浩平の言葉通り、まさに面妖としか言いようのない雰囲気。

こういうところも上方の苦手なところである。ある意味がらんとしていつもカラッ風が吹きぬけているような関東と異なり、こちらは土地そのものの記憶が濃厚なのだ。ゆえに、奴らの背中にしょっているものも相当に重く、結果としてこちらの作業はかなり面倒になる、らしい。

気配ははるか前方の、開けた場所のほうからやってくる。

「あれ」

浩平は、ちらっと顎《あご》を動かした。

ひときわ巨大で特徴的なビル。

「大阪府警は立派だなー」

ビルの側面の窓が交差点に向かって半円形のカーヴを描いている。いや、その正面はむしろ——大阪城か。

「ビル風」

浩平が例によってボソリと呟く。

奴の言わんとするところはよく理解できた。府警の巨大なビルの窓はちょうど凹面鏡のような形をしている。風も光もここで乱反射するはずだ。ビルの前に広がる大阪城公園一帯は開けており、そちらからもモロに風を受ける。もしかすると、大阪府警は風水を念頭に置いているのかもしれない――向こうから押し寄せる何かを、この黒い鏡で跳ね返そうとしているのかもしれない。

浩平は肩をすくめてみせた。同じことを感じているのだろう。この気配。ビル。地形。なんだか嫌な予感がするのだ。そして、素敵な予感や朝のＴＶの「今日のラッキー星座第一位はみずがめ座！　何かいいコトありそう！」というご託宣は決して当たらないのに、たいがい嫌な予感というのは当たるのである。

「ったく、この大掃除出張には特別手当が欲しいよなあ」

俺は思わずぼやいた。

上方は、普段は俺たちの担当ではない。グアムに「仕事」に出かけてしまった煙草屋から「ちょっと向こうでやりくりつかなくて」と急に頼まれたのだ。そもそも、グアムで「仕事」と強調するのが解せない。訝《いぶか》しげに聞き返す俺に、「あの辺りは激戦地だったからな」と嘯《うそぶ》く煙草屋の顔が浮かぶ。今この瞬間も、「バカンス」と振り仮名を振った仕事ではないかという疑惑が拭《ぬぐ》えない。

しかも、鮎観も今回は来られないという。

「あ、ゴメン、今回はパス。お父さんと俊平と出かける用があるの」とそっけない。

そのよそよそしさから、まさか見合いではないだろうな、とこちらも疑念が湧いてくる。本人から再婚話があると聞いているだけに、まんざら根拠のない疑惑ではない。考えてみれば、もう三ヶ月も顔を見ていない。三ヶ月あれば、人間いろいろなことができるものである。ましてや、世間はお盆。善良な市民は夏休みだ。

ふと、隣で浩平がびくんと背を伸ばしたのが分かった。

大阪城公園の入口に、再び面妖なものを発見したらしい。

俺も、その正体に気がついた。浩平に倣ったかのように、背筋が伸びてしまうのを感じる。

あれは——煙草屋が応援を出すとは聞いていたが、まさかあいつだったとは。

「おい、他人のふりだ、他人のふり。コースを変えて、向こうから入ろう」

俺が囁《ささや》くと、浩平もこっくりと頷《うなず》いた。

二人でこそこそと大阪府警の角を曲がって大阪府庁のほうに向かおうとした刹那《せつな》。

ものすごいスピードで、何か白いものがこちらに向かって突進してくるのを視界の隅に感じた。

「ひいっ」

二の腕にざわっと鳥肌が立つ。

怖い。よく怪談で、凄《すご》い勢いで車を追いかけてくる白い婆さんとか髪の長い女の話があるが、スピードを伴うバケモノは恐ろしいということを、白昼の大阪で痛感させられた。

「ちょっと、どこいくのよー、遼平ちゃん、浩平ちゃんっ」

ものすごいダミ声、しかもよく通る声が脳天に響いた。

ひゅっ、といつのまにか前を塞《ふさ》ぐようにその白いものが立っている。

俺と浩平は、いじめっ子に見つかった小学生のように思わず身体を寄せあってしまった。

「ひっさしぶりねえ、何年ぶりかしらぁ」

その数年ぶりに聞く声は歯医者のドリル並みの破壊力である上に、ビジュアル的にも目に痛い。

「眩《まぶ》しい」

俺は思わず目をぱちぱちさせた。

畳み掛けるようにダミ声が降ってくる。

「え？　何？　眩しい？　あたしがぁ？　あたしのことが、涙がちょちょ切れるほど神々しくって眩しいって？　あらあ、よく言われるわぁ」

夏の陽射しにホワイトアウトを起こしそうに（いや、現実に起こしている）真っ白の三つ揃いの麻のスーツを着た男。おまけに今日は白のパナマ帽というおまけつきだ。

「地獄耳のくせに耳が遠いふりすんなよ」

腹立ち紛れに叫ぶと、男は耳をそばだてた。

「ええっ？　地獄耳？　あたしがぁ？」

大袈裟《おおげさ》に驚いたふりをする、白昼大阪府警のまん前にいる四角い男。

いつもこの男を目にすると羊羹《ようかん》を連想するのは、色が浅黒くて筋肉が分厚く、ほぼ直方体の体型だからだ。この男を虎屋の羊羹の箱に詰めたら、きっちり収まるのではないかと思う。こんな巨大で不気味な羊羹が届けられたら、速攻で一一〇番通報されるだろうが。

「あ、そういやイヤホン入れたまんまだった。道理で聞き取りにくいと思ったわー。だって、遼平ちゃんたら、いきなり逃げ出すんだものー」

男は思い出したように耳からイヤホンを取り出し、胸ポケットに押し込んだ。

俺は嘆息する。

「やっぱり、おまえが今日の手伝いなのか、カオル。お盆の暇人は俺たちだけかと思ったら」

「あっらー、久しぶりの再会なのになによー、その小憎たらしい態度はー」

ようやく声は低くなったが、その平べったいダミ声は相変わらず耳に障る。

「浩平ちゃん、どぅお、会社慣れたー？」

カオルが突如浩平を振り返り、ばんばんばんと背中を叩《たた》いたので、浩平はむせた。

名前はカオルと可愛らしいが、この男は元陸上自衛隊の空挺《くうてい》部隊に所属しておりレスリングの国体選手だった。基礎体力と筋力はハンパなく、頭を撫《な》でられただけでムチ打ちになりそうだ。「熊の親切」という言葉が頭に浮かぶ。

「分かった分かった。とっとと済まそうぜ」

身体を折って咳《せ》き込む浩平を横目に、俺は覚悟を決めた。

「うふん」

カオルは気味悪く微笑むと、先に立って歩き出した。

「で、今日の場所は――」

「あったりまえの当然でしょ、大阪城よー」

カオルはがはがはと低く笑う。

「お盆の頃はいろいろ忙しいのよー、なんせうじゃうじゃいるから、死人がー」

「別に大阪城じゃなくても死人はどこでもいっぱいいるさ」

俺がそう呟くと、カオルの肩がピクリと反応した。

「ふうん、そぅお」

カオルは不自然に左右に尻《しり》を振りながら進んでいく。

「暑いなあ」

「あらあ、あんたたちってば風さんと仲良しなんでしょう？　爽《さわ》やかなそよ風でも送ってもらえば？」

汗を拭う俺たちに、カオルは嫌味ったらしく鼻を鳴らす。

カオルの嫌味に応《こた》えるかのように、風はピタリと止《や》んでいた。

蒸し暑い夏の炎天下とあってか観光客は少なかった。まさに太陽は中天にさしかかり、自分の影も見えない。

うひゃあ、嫌な感じだなあ。

だらだらと流れる汗。少し上り坂になった道を、大手門《おおてもん》に向かって歩く。少しでも気を抜くと、たちまち意識が遠くなりそうだ。これって熱中症？

全国から石を寄進させたという、石材見本市のような見事な超特大の石をインカ文明なみに精緻《せいち》に組み合わせた石垣が目の前にそびえるのを見て、フトその時なぜか奇妙な感想を抱いた。

この石が飛んだらイヤだな。

人は言う、本当に望んでいることは決して口に出してはならないと。なぜなら、望みを口に出すと魔物が寄ってきて決して叶《かな》えられることはないからだと。

別の人はこうも言う、本当に望んでいることなら常に口に出しているべきであると。なぜなら、自分にも周りにも呪文《じゅもん》を掛けることで、望みを叶えられる可能性が高まるからだと。

どちらの言い分が正しいのか分からないし、恐らくどちらの言い分も正しいのだろう。果たして俺の場合どちらか？

が、そんな感想を抱いたのをすぐに忘れた。

門をくぐったとたん、異様なものを目にしてしまったからだ。

自分の目がおかしくなったのかと思い、思わず浩平と顔を見合わせる。が、同時にヤツも俺を見たので、同じことを考えていたのだと知れた。

俺は普段あまりＴＶを見ないし、時代劇もそんなに見ていない。水戸黄門《みとこうもん》と大岡越前《おおおかえちぜん》くらいは記憶にあるが、日本史の授業も固有名詞が覚えられなくて決して得意科目ではなかった。

だが、しかし、これは——

炎天下なのに、冷や汗が伝うのを感じる。

来た。いきなり。大勢。怖いのが。

目の前にずらりと並んでいる連中がかなりの昔、それも戦国時代（たぶん）の扮装《ふんそう》（コスプレ？）であることくらいは理解できた。

頬はこけ、肌は土気色で髪はバサバサ。骨ばった顔は年齢不詳だ。歳くっている気もするし、意外に若いのではないかという気もする。

目ばかりギラギラと光り、充血しているのが目立つ。

なんだか見覚えがあると思ったのは、上野でのあの妙な出来事だ。子供時代の俺と鮎観に会った、些《いささ》かタイムパラドックスめいた光景。

しかし、あの時は落ちゆく武者ども、という雰囲気だったが、目の前にずらりと並んでいる連中は違う。槍《やり》を構えている彼らは、明らかに死を覚悟した、なんとも凄《すさ》まじい饐《す》えた空気を漂わせている。

端的に言うと、非常に近寄りがたい。むしろ、尻尾《しっぽ》を巻いて今すぐに逃げ帰ってしまいたいような、歓迎されざるムードである。

「ななな、なんなんだ、なんなんだ、カオル、あれは」

俺は平然とし腕組みをして連中を見ているカオルに詰め寄った。

「ふん、仕方ないでしょ、今はお盆なんだから」

カオルは小指で耳をほじくる。

「夏の陣」

浩平がボソリと呟いた。

それくらいのことは俺だって知ってる。外濠《そとぼり》を埋められた城がいかに悲惨で、もはや城としてものの役に立たないことくらいは。

「大坂夏の陣ったって、あれ五月だろ。いくら旧暦でもちょっと季節外れじゃないか？」

カオルはフウッと小指についた耳クソだかなんだかを吹いた。

「しょうがないでしょ、毎年あの調子でさあ。城攻めの記憶がこの季節になると蘇《よみがえ》るらしくって。なかなか城に入れないのよ。あんたならどうにかしてくれると思ったけど、やっぱダメね」

「どうにかするったって。俺たちの相手は『グンカ』で、明治維新より前は遠慮しときたいんだけどなあ」

「だけど、こいつらが通してくれないことには『グンカ』のところにたどり着けないんだもの」

「どこにいるんだ、『グンカ』は」

「元第四師団司令部んとこ」

「まあ、妥当に考えればそうだろうな」

大阪城の見取り図は一応頭に入れてきた。

城というのは、防衛の都合上築くことのできる場所は限られているものだ。時代が変わり、為政者が替わっても、城は同じ場所が使われることが多い。

秀吉《ひでよし》が十五年もの歳月をかけて築いた大阪城は、家康《いえやす》の無体な言いがかりさえなければ難攻不落の城だったろう。

じわじわ城の機能を奪われいったん落とされたものの、江戸時代に再建されているし、明治以降には軍が収用しようとしたのを大阪市民が資金提供するのを条件に公園として整備された。といっても、当時の大阪城の敷地の東半分は軍需工場となっており、かつては東洋一の規模と言われた大工場だったのだ。

東京は九段《くだん》の靖国《やすくに》神社の青銅の鳥居もここで鋳造された。鳥居が砲兵工廠《こうしょう》で造られるのも奇妙な感じがするが、ここだけの話、鳥居は実は弾除《たまよ》けという兵器のひとつである――という考え方もあるかもしれない。

てなわけで、俺たちが用があるのは戦国時代エリアではなくこっちなのだが、軍が建てた司令部は大手門をくぐったずっと奥、天守閣を北西に臨む場所にあるのだ。

「うーん、通してくれたり――しないよね」

俺はなんとなく、いちばん穏やかそうに見える小男のところに恐る恐る近寄り、手を振ったり愛想笑いをしてみたりしたが、たちまちギロリと睨《にら》みつけられ、鈍く光る槍を突きつけられたので瞬時に退散した。

「ダメみたい。参ったな、ハハ」

気まずく笑い頭を掻《か》く俺を、カオルと浩平の冷ややかなまなざしが迎えた。

「門は他にもあるだろ？　京橋口《きょうばしぐち》とかさ」

「ええ、ぐるーっとここから半周回って、このか弱いレディーのあたしを疲労困憊《こんぱい》するまで歩かせるところにね」

「レディーって面《つら》かよ」

思わずそう口の中で呟いたが、「なんですって？　何か言ったあ？」とカオルがダミ声で叫ぶので「なんでもない。行こう」と慌てて手を振った。

「液体」

浩平が恨めしそうに呟いた。

極端に発言の短い彼の言葉からは、「身体が溶けて液体になってしまいそうだ」なのか「冷たい液体を猛烈に欲している」なのかは判断しかねた。

「あとでアイス買ってやる」

と言ってみるが、反応はない。

白昼、妙な組み合わせの三人の野郎はとぼとぼと道を引き返して大手門を出ると、お濠の外側の道路を歩き出した。

「――にしても、最近出番が多いなあ。本業がすっかりお留守になって、俺、すごい貧乏なんだけど。ホント俺に向いてないんだよな、これ。今どき、生活を後回しにして人知れず働くヒーローなんて流行《はや》らないのに」

そう愚痴ってみると、思わず溜息《ためいき》が出た。

「なんでこんなに『裂け目』ばっかり出来るんだろう」

「ま、率直に言って、戦争したがってるヤツが増えてるからじゃないの?」

カオルがあっさりと答える。

「そうかなあ」

俺は首をひねった。が、カオルは「そうよ」と大きく頷く。

「『グンカ』の奴らは、戦争したい、戦争起きればいいのにって思う連中が増えるとその気配を察して、『裂け目』破ってわらわら湧いてくんのよ。人間てのは、じりじりコツコツ暮らすのが嫌な連中がいつも一定数いるわけ。何か起きないか、一発逆転できないか、これまでの世界がチャラにならないかってきょろきょろしてる連中ね。そういうヤツって、しばらくおとなしくしてると飽きてきちゃって、じわじわ数が増えてくんのよね。クラスにいたでしょ、静かに自習してなさいって言われると、五分もじっとしてられなくて、すぐに席立って騒ぐヤツ」

「それってお前のことじゃないのか」

「あら、違うわよー、やあね。あたし、ポエムを愛するとってもおとなしい文学少年だったんだからあ」

カオルにバンと肩から胸にかけてをはたかれ、一瞬ウッと呼吸が止まった。

浩平が同情の目で俺を見る。

痛い。すごく痛い。肋骨《ろっこつ》にヒビが入っていなければいいが。

正常に息を吐けるようになるまで一分近くかかった。早いところ仕事を終わらせないと、俺と浩平は「裂け目」を縫うどころか、カオルに殴り殺されるかもしれない。

眠たげに広がるオフィスビル街と、ぎらぎらした陽射しに光るお濠の水。車も少なく、人気《ひとけ》もない。すべてが白昼夢のようだ。

それにしても、でかいぞ。大阪城公園。太閤《たいこう》様、夏はつらいです。なかなか京橋口は近付いてこなかった。

「そういえば、遼平ちゃん」

突然、カオルが立ち止まり、人形の首みたいにくるりと顔だけがこちらを向いた。

反射的に飛びのいてしまう。映画『エクソシスト』を連想してしまったことは内緒にしておこう。

「なんだ？」

カオルは俺との不自然な距離をじっと目で測っていたが、にたりと不気味に微笑んだ。

「鮎観ちゃん、再婚するんだって？」

「えええ？」

自分が出したものとは信じられないくらいに情けない声が出た。

「ななな、どうして、おまえがそんなこと知ってるんだ？　えええ、あいつ、本当に再婚するのか？」

更に恥ずかしいくらいにうろたえてしまう俺を、カオルはきょとんとした目で見つめていたが、乙女のように両手で顔を挟むと、身体をくねらせた。

「あらら、これってガセじゃなかったの？　んまー、冗談のつもりで言ってみたのに。あらー、ホントにそういう話があるってわけー」

「ち、ちがう。俺は聞いてない」

俺は更に墓穴を掘った。この話は、カオルを通じて明日には関西中に広まっているだろう。

「そうよねえ、そもそも鮎観ちゃんて、あんたにはもったいないようないい女だったもんねえ。まだまだ全然イケてるし、そろそろ再婚してもいいわよねええ」

「そんな。父親は、父親は、俺だ」

自分でも何を言っているのか、何を言い訳しているのかよく分からなかった。おまけに、やけに汗が目にしみると思ったら、いつのまにか俺はハラハラと涙を流していたのである。

カオルと浩平がギョッとしたように俺を見ていた。

「あらら、遼平ちゃん、泣いてるー？　泣いてる、ホントに？　やだー」

カオルがいじめっ子のように俺の顔を覗《のぞ》き込む。

「泣いてない。汗だ、汗だ」

そう言いつつも、俺はガキのように目をこすっていた。

浩平が、怒ったようにカオルの肩をつつく。

「反省」

「ごめんなさーい」

カオルがしなを作り、俺に向かって頭を下げるので、俺は小さく頷き、またよろよろ三人で並んで歩き出す。

しかし、今の涙はなんだったのだろうか。哀しいのか？　ふがいないのか？　俺は諦観に捨てられたのだろうか。

頭がぼーっとしているのは、汗のみならず涙で身体の水分をいよいよ失ったせいらしかった。まじでヤバイかも。どこかで水分補給しなくては。

ようやく、優雅なアーチ状になった京橋口の橋が見えてきた。橋の向こうは、鬱蒼《うっそう》とした林が見える。

よかった、日陰がある。

そうホッとしたのもつかのま、またしても俺たちは足を止めてしまった。

橋の上に、大手門にも増して面妖な者の姿がある。

俺と浩平は顔を見合わせた。

今度は戦国時代の足軽ではなかった。

「なんじゃあ、ありゃあ」

俺たちの行く手を塞ぐように橋の上に立っていたのは、ぼろぼろの着物を着た、長い髪の大女だったのである。

うーん、この女の時代考証はよく分からない。

俺は朦朧《もうろう》とした頭で、目の前の女を眺めた。

「なんなんだ、あの大女」

俺が呟くと、カオルが首をすくめた。

「なんでも、あの辺り、江戸時代にはバケモノ屋敷があったんだってー。今も看板立ってるくらい、有名だったみたいよー」

「バケモノ屋敷？　どんなバケモノが出たんだ？　ひょっとしてあれがそうなのか？」

カオルは「うーん」と考え込む。

「あたしが思うにー、江戸時代にバケモノになってたっつうことは、それ以前に非業の死を遂げたヤツってことよねえ。あのコスプレ、なんとなく平安チックじゃない？　今はあんなバケモノだけど、きっともともとはお公家《くげ》さんかなんかの姫君だったのよ。蝶《ちょう》よ花よと育てられたウブなお姫様だったのに、悪い男にひっかかったのが運のつき。かなわぬ恋に焦がれたあげく、さんざ弄《もてあそ》ばれてトラウマチックな破局を迎え、おのれ我が君、なにゆえにわらわを裏切りしかー。この恨みはらさでおくべきか。可愛さ余って憎さ百倍、美男には未来永劫祟《えいごうたた》ってやるぞよ。んでもってあんな鬼女になっちゃったのよー。んまーなんという悲劇なのッ」

「そういう史実があるのか？」

そう尋ねると、カオルは侮蔑《ぶべつ》の目で俺を見た。

「違うわよ、あたしが今こしらえたのよ、いい話でしょ？　きゃっ、やだっ、あたしってばロマンチックッ」

カオルは勝手にはじらい、バンバンバンと俺の背中を叩いた。それも思いっきり。

不意を突かれ、逃げ切れなかった。

またしても呼吸が止まり、頭の中が真っ白になるような激痛が全身を駆け抜ける。

今度は痛みのあまり涙が零《こぼ》れた。太閤様、日々世界平和のために尽力しているわたくしにこの仕打ちはあんまりでは。

「おまえの妄想はともかく」

俺はかすれ声で呟いた。

「問題は、あの女が俺たちを通してくれるかだな。あんなところに仁王立ちされてちゃ、なあ」

「遼平ちゃん、ファイトッ」

カオルは突如、俺の両肩をがっちりつかむと持ち上げた。

え？

自分の身体が宙に浮いているのが分かる。思わず足をバタバタさせたが、カオルの両手は万力のように俺の肩をつかんでおり、なんとそのままがしがしと橋の上に進み、大女の前に俺を突き出したのである。

「あわわ」

俺はパニックに陥った。

目の前に、でかい顔がある。

が、その顔はのっぺらぼうというか、かすかに灰色のモヤが掛かったようになっていて、どんよりとした空洞になっているようだった。こうアップで見せられて決して気持ちのよいようなものではないことは確かである。

伸び放題の枯れ草のような白髪が顔の周りに獅子《しし》のたてがみのごとく広がっており、その乾いた髪のカサカサした気配が生々しい。

女は、身動《みじろ》ぎもせず、ぬうっと壁のようにそびえ立っている。

俺のことが見えているのかどうか怪しみ始めたところに、いきなりゆらりと腕が伸びてきた。腕というより、ほとんど骨だ。灰色がかった恐ろしく長い指を目にした瞬間、全身が粟立《あわだ》った。その、干からびた皮膚がかろうじてまとわりついている骨の透けた指に、この女がこんな姿になってまで、未《いま》だ抱え続けている底知れぬ妄執や怨嗟《えんさ》が顕《あらわ》れているような気がしたのだ。

と、いきなりカオルが手を放したので、身体がストンと垂直に落ち、伸ばした指は俺の頭があったところをかすめた。

頭上を氷の刃《やいば》が通り過ぎたような、ゾッとする気配があった。

「ひいい」

俺は迷わず女の脇を駆け抜け、全速力で橋を渡った。

「あらー、いきなり抜け駆けー？」

後ろからカオルの声が追いかけてくる。構っちゃいられない。いきなり俺をバケモノに差し出したのはお前だろうが。

と、後ろからバタバタと足音がする。

振り向くと、カオルと浩平も走ってついてきていた。ついでにいうと、あの大女もだ。

「うわっ、ついてくる」

「置いてかないでぇ」

「バケモノは置いてけ」

なんとも奇妙な光景だった。一列になって野郎三人プラス大女が大阪城公園の中を走っている。一瞬、なぜか高校時代の部活を思い出した。負けた一年生、不忍池十周ねー。

大女はふらふらしているくせに、意外に速く（でかいから歩幅が大きいのだ）、つかず離れずついてくる。

「なんでついてくるんだっ」

「美男に祟るからじゃないー？」

「どこに美男がいるんだ？」

「トーゼンあたしでしょー」

林に囲まれた日陰に入ったものの、ハンパない暑さである。俺はもう気絶寸前だった。

「あれ、消えた」

カオルの不思議そうな声に振り向く。

こちらは息もたえだえだというのに、カオルはなぜか汗ひとつかかずケロリとしている。こいつもバケモノじゃないのか、という疑惑が頭をかすめた。

確かに大女は消えていた。

そこはただのがらんとした夏の公園。

「平安時代――エリアを――抜けたんだろう」

俺は膝に手をついてゼイゼイ言いつつ呼吸を整えた。

恐るべし、大阪城。時代ごとに担当がいるとは。まさに、バケモノのテーマパークである。

「早いところ——行こう。こんなのが続いたら、身が、もたん」

「遼平ちゃん、身体なまってんじゃない？」

「おまえが異常に丈夫なんだ」

よろよろ歩き出して、杉に囲まれた曲がりくねった坂をのぼる。どこかでカラスが鳴いた。

「しっかし、見事に誰もいないわねえ」

「お盆の炎天下に大阪城に来ようってヤツのほうが珍しいんだろう」

目の前に、見上げるだに巨大な天守閣が現れた。

そこここで、カーッと世界から浮き上がるように立ちのぼる陽炎《かげろう》。

一瞬、気が遠くなる。

陽炎ごしにゆらゆらと揺れているように見える天守閣は、まるで、空を焦がし燃え上がる城のようだ。

悪い夢——悪いまぼろし。

「やっぱでっかいなー」

俺たちはしばしぽかんと天守閣を見上げていた。

それは、奇妙な感慨を抱かせた——人間の欲望が、野心が、情念が、そのまま形となって建っている——そんな気がした。

秀吉ひとりだけのものではない。彼のような無数の秀吉が体現していた、人々の頂点に立ちたいという執念が、天守閣というあの上へ上へと天に手を伸ばすように層を重ねていく形となって「顕れて」いるのだ。

つくづく、人間というのは業の深い生き物である。時代は変われど、やっていることはちっとも変わらない。

俺はぶるっと身震いした。

むろん、その中には俺たちも含まれている。わざわざこんなところに来てこんなことをやっているというのも、「業」のうちなのだ。

俺たちは連れ立って天守閣を回り込むようにして進んだ。

ゆらゆらと陽炎に包まれる世界。

人っ子ひとりいない、白昼の死角。

おかしい。いくらなんでも、これだけ人がいないというのは有り得ない。

頭の隅でそんなことを考えていたが、既にその時には別のところに入り込んでいたのだろう。

ふと、冷気を感じた。ほんの少しカビ臭い、よく知っている臭いだ。

この時ばかりは、それを懐かしく感じてしまった自分が怖い。平安時代のバケモノや戦国時代の足軽よりは馴染《なじ》んでいるということか。

「グンカ」のいる建物は、一見してすぐにそれと分かる。

なんというか、こんな明るい真夏の午後でも、そこは明らかに周囲と異なり、「暗い」のだ。存在そのものが、居ながらにして「影」であるとでもいうのか。

平たく延びた左右対称の建物。天守閣に比べれば、地を這《は》うような地味な造りである。中央に四角く突き出た塔。車寄せのある正面玄関は、アーチ形の柱に支えられた屋根がある。

この元司令部は、戦後はＧＨＱの接収、大阪市警本部、市立博物館と看板を替えつつ生き延びてきた建物だ。現在は封鎖されている。

窓の奥は真っ暗で、何も見えない。そこだけどろりとした「闇」で「夜」。ルネ・マグリットの絵を思い出してしまう。

「ムード満点」

浩平が呟いた。俺も同意見である。

しんと静まり返った建物の周りをぐるりと回ってみる。

裏手には木々が囲み、鬱蒼と薄暗い。木立のあいだから、遠く大阪の街が広がっているのが見える。

しかし、俺たちが枯れ葉を踏む音がくぐもって響くばかりで、全くなんの気配もない。

「『裂け目』はどこにあるんだ?」

思わず首をひねっていた。

「裂け目」どころか、全く風もない。考えてみると、さっきからそよとも吹いていないのだ。

いつものように、どこかに隠れているのだろうか?

だが、直感では、この建物は空っぽだった。こと「グンカ」に関する限り、嫌な予感と同じくらい直感は正しい。

「おっかしいわねー。いっつもこのへんなんだけどー。あいつら、あんまりホームグラウンドから離れないのにー」

カオルも首をひねっている。

「いや、『裂け目』がないならないで俺はいっこうに構わないんだけど」

ふと、悪魔の囁きが聞こえた。

何もないのなら、さっさと引き揚げて梅田で冷たい生ビール飲もうぜ。

冷たい生ビール、という言葉を聞いたとたん、この不条理ともいえる暑さが耐えがたくなる。

そうだそうだ、煙草屋だってグアムだ。こっちも出張手当を要求する。

黄金の泡を想像してうっとりしたその刹那。

ふっと辺りが暗くなった。

本当に、電灯のスイッチを切ったかのように、陽射しが消えたのだ。

俺たちはきょとんとして互いの顔を見合わせた。

何かが起きている。

いったい何が？

むろん、俺たちは心のどこかでは承知していたのだ。その何かは、今、頭上で起きているると。でなければ、こんなふうにギラギラ輝いていた太陽の陽射しが遮られることなどないはずであると。

しかし、俺たちは互いの顔から目を離せなかった。

見ちゃダメだ。空を見上げてはダメ。今、顔を上げたら、とんでもないものが目に入ることは間違いないのだから。

浩平とカオルの顔が、毛穴のひとつひとつまでくっきり見えた。ここまでこいつらの顔をしげしげと眺めたのは初めてだ。

浩平、まつげ長い。

カオル、よく見ると奥二重だ。ずっと一重まぶただと思い込んでいた。

異様な沈黙。

三すくみ状態とでもいうのだろうか。三人が互いに剣を構え、相手が出るのを待っているので、結果として誰も動けなくなってしまう。ハブとマングースと野犬とか？

花火のようなパン、パン、という音が聞こえてくる。

どこかで花火大会？　こんな昼間に？

カオルがじりじりした様子でそっと口を開いた。

「いい？　いちにのさんで、同時に上を見るのよ。みんな一緒によッ。抜け駆けはダメよッ」

人差し指で天を指す。

浩平と俺は無言で小さく頷いた。

「いち、にの」

カオルが小さく呟いた。

「さん」

揃って宙を見上げる。

石垣が飛んでいた。

もとい、石垣だったものが宙に浮かんでいた。

ひとつやふたつではない。三次元パズルをばらばらにしたように、巨大な石が無数にバラリと空中にばらまかれた状態になっている。

道理で暗く感じられるわけだ。小型トラックほどもありそうな石まで無造作に宙に浮かんでいるのだから、太陽光線が遮られるのも無理はない。

空に黒い水玉模様。草間彌生《くさまやよい》の新作か。

もっとも、これは水玉模様ではない。ひとつひとつは四角く角張って、強いていえば氷砂糖が散らばっているように見える。

あまりのことに、さすがにカオルも絶句してしまっている。

浩平も、あんぐり口を開けている。

俺はといえば、さっき「この石が飛んだらイヤだな」と思ったことを「あんなこと考えるんじゃなかった」と後悔するのに忙しかった。

しかし、俺が想像したのは単体でした。ひとつの石が浮かんでるところを想像しただけで、こんなにいっぱい浮かんでるところは想像してませんでしたよ、太閤様。ですので、わたくしのせいじゃありません。

「なあにー、これ。ポルターガイスト？　思春期のムスメんとこに小石が飛んでくるってのは聞いたことがあるけど」

ようやくカオルは口を開いた。

「どこに思春期のムスメがいるんだ？」

「トーゼンあたしでしょー」

頬を挟むカオルを無視する。

「で、これは誰がやってるんだ？」

「うーん、あまりにも容疑者多すぎてわかんないわー。初めて見たー、こんなのー。ひょっとして、遼平ちゃんたちのウエルカム・パーティー？」

「光栄」

浩平がぶすっとして呟いた。

「あれ、石に誰か乗ってる」

そう気付いて思わず指差した。

「ホントだわ」

「様子がヘンだぞ」

ビジュアルがあまりに強烈なので最初は気付かなかったが、空のそこここで小さな火花が散っていて、何かが動き回っていた。

槍や刀が振り回されているのも見える。

「うわー」

やがて、理解した。

石のそれぞれに、足軽たちが乗っていて、武器を振り回し、誰かと戦っている。

その誰かも石に乗っており、飛び移りながら激しいつばぜり合いを繰り広げているのだった。

ガタイのいい、袴《はかま》姿の坊主が空中を飛び回っている。

「うーん、CGみたいだ。あの坊主、誰だろう」

「あれは坊主じゃないわッ、僧兵よっ」

カオルが興奮して叫んだ。

「なんとまあ。そもそも秀吉が大阪城造ったのは石山本願寺《いしやまほんがんじ》の跡地よっ。石山本願寺といえば、信長《のぶなが》もさんざん悩まされた一向《いっこう》宗の総本山。そこの僧兵といえば、史上最強の兵士軍団よ。信じる者は恐ろしいわねー」

「なるほど、そいつは為政者側とは因縁の戦いだなあ」

浩平が、「アッ」と叫んで、一点を指差した。

その視線の先を見て、俺とカオルも唸《うな》る。

足軽と僧兵だけではない。

石の上には、ナンブを構えた「グンカ」もいた。パン、パン、と乾いた銃声があちこちで響いているのは花火ではなく、彼らの発砲する音だったのだ。

元司令部にいなかったのは、こちらに出払っていたせいらしい。

「あいつら、誰と戦ってるんだ?」

どうやら、敵味方入り乱れ、時代もごた混ぜらしかった。

かつてこの地で覇権を争った者どもが、過去の因縁だけにとりつかれ、戦い続けている。

槍に刀、拳銃《けんじゅう》に鎖鎌と、武器もまちまちで、何がなんだか分からない。

それより、この大量の石、どうやって元のところに戻るのだろうか。俺のせいではないとはいえ、そちらが気になる。この大乱闘のおとしまえもどうつけたものか、見当もつかなかった。

やっぱ、帰ろう。ここでは役に立ちそうにないし。

俺はこっそり周囲を見回して、逃げ道を探していた。卑怯《ひきょう》と罵《ののし》られようと、職場放棄といわれようとも、怖いもんは怖いし、どうしていいか分からないものはしようがない。

カオルと浩平は空中戦を見るのに夢中で、今しばらくは俺がいなくなっても分からないだろう。

そろりと動き出そうとした時を狙ったかのように、風が吹いた。

うっ、と思わず足を止めてしまう。

カオルと浩平もすぐに反応した。

今度こそ、空が俄《にわ》かに暗くなったのが分かった。

どす黒い雲が湧き、頭上から冷たい風が渦を巻くように吹き付けてくる。

「裂け目」

浩平が叫んだ。

確かに、空の一点に、鈍く輝く箇所があった。紛れもなく「裂け目」で、そこから風が噴き出してくるのだ。

「くそ」

無意識のうちに舌打ちしていた。「裂け目」さえなかったら、引き揚げていたのに。

「んまー、ちょっと遠いわねえー」

カオルが天を仰いだ。

「でも、しゃーないかー。んじゃあ、遼平ちゃん、浩平ちゃん、ファイトッ」

またしても、突然首根っこをつかまれ、万力のような力で動きを封じられた俺は、空中にぶん投げられる。

まさに、ぶん投げるという容赦ない表現がぴったりの、有無を言わさぬ一撃だった。

気がつくと、俺は宙に浮いていて、慌てて近くに浮かんでいる石のはじっこにしがみつく。

「予告してくれよ」

溜息をつきつつ石の上に這い上がると、ギラリと光る刃を向けられ、石から落ちそうになった。

足軽が乗っていたのだ。頭を引っ込め、忍者のごとく石にへばりつき、横に移動しつつすぐ下に浮かんでいる石に飛び移る。こちらは誰もいなかった。

目の前の石に、やはりカオルにぶん投げられた浩平がしがみつき、ごそごそ動いているのが見えた。

乗っかってみると、石は少しずつ上下に揺れていた。上がった時を見計らって近くの石に移動すれば、徐々に高く上がっていける。

浩平も同じことを考えたとみえ、俺たちはあちこちで出くわす「グンカ」や足軽を避けつつ、どんどん天空の「裂け目」目指して上がっていった。

標高が上がるほどに風は強まり、ごうごうという音で何も聞こえなくなった。

それにしても、凄い眺めだ。

びろびろという風の音を耳元で聞きながら、俺は眼下の眺めに驚嘆した。

SF映画なんかで、宇宙に小惑星のかけらかなんかが帯状に漂っている場面を連想してしまう。

いつしか、天守閣のてっぺんが近付いてきていた。大阪城公園が一望でき、その上に無数の石が浮かんでいて、まるで池に映った景色の中、飛び石を渡っているようだ。

お濠の水も、林の緑もはるか下にあり、パステルカラーに滲《にじ》んでいる。

『サイボーグ009』にもこういうシーンがあったな。

そんな余計なことを考えていると、「裂け目」が近付いてきた。

それは、頭上にあるひときわ大きな石の上にあるようだった。

静かに上下するその石が、目の前に下がってきた時、それが見えた。

さっきのバケモノ。

そこにぬっと立っていたのは、京橋口の橋の上で出くわしたあの女だった。

ぼろぼろになった着物の袖《そで》と、獅子のような白髪が風になびいて凄まじい風情である。

「うわあ」

思わず叫んでしまった。

腕をつかまれたので振り向くと、浩平が隣に飛び移ってきていた。

二人で、その女の顔を凝視する。

「裂け目」は、その女の顔だった。

灰色の空洞だったところが、今や鈍い光に満ちて、その奥の果てしない虚無から強烈な風が噴き出してきている。

「ううん」

俺は躊躇《ちゅうちょ》した。

あの「裂け目」を縫うのは、どうにも気が進まない。

がくん、と乗っている石が揺れてぎょっとする。

見ると、足元に「グンカ」たちが数人、しがみついていた。わらわらとこちらに向かって上がってこようとし、手を伸ばして俺たちの足をつかもうとする。

仕方がない。

俺と浩平は、その女と同じ石に飛び乗った。

女は、先ほどと同じように、こちらが見えているのかいないのか、ゆらりと立っている。

浩平に目配せし、俺たちは離れて立った。女はゆっくりと顔を動かし、俺と浩平のほうに向ける。どうやら、俺たちのことは認識しているらしい。

じりじりと、二手に分かれて女に近付いた。

髪から簪を抜く。

あの顔に触らなければならないと思うと、生理的に嫌悪感が湧いてくる。

俺の逡巡《しゅんじゅん》に浩平が気付いていないはずはなかった。

が、先に彼が動いて、パッと女の背中に取り付いたのだ。

女は腕を振り回し、浩平を落とそうとする。浩平は身体を縮め、背中にしっかりつかまって振り落とされまいと力をこめた。

今だ。

俺は正面から女の首っ玉に飛びついて、いきなり縫い始めた。

しかし、ものすごい風、ものすごい抵抗。

糸が引けない。

風圧に吹き飛ばされそうだ。目も開けられない。しかも、女は背中の浩平をあきらめ、俺の首を絞めてきた。氷のように冷たい、ゴツゴツした指がすごい力で絞めあげてくる。

気が遠くなる。

痛い。気持ち悪い。

渾身《こんしん》の力を振り絞る。縫い目の糸を必死に引っ張る。

女もまた、渾身の力で絞めてきたが、次の瞬間、強い衝撃が全身を揺さぶり、俺の身体は大きく宙に跳ね飛ばされていた。

硬いものに身体が叩きつけられる。

と、そこは天守閣のてっぺんの屋根の上だった。

ようよう目を開けると、女が腕を振り回して暴れるのを、必死にしがみついた浩平が腕をねじって食い止めている。

顔は、七割がた縫い付けてあったが、隙間が広く、鈍い光がそこから漏れ出していた。

糸が引っ張られ、隙間が広がっている。

やばい。縫い目が裂ける。

「はあい、お待たせー、あたしの出番ねー」

耳元で、脳天に響くダミ声が響いて、またしても気が遠くなった。
くそ。不意を突くのはやめてくれ。
カオルが飛び上がり、女の前にストンと降り立った。
「乙女の必修科目はアイロンがけよー」
手に握ったスプレーを女の顔に浴びせかける。アイロンがけに使う糊《のり》だ。
カオルが右掌《てのひら》を広げ、女の顔にかざすのが見えた。
ものすごく大きな手。
身長はそうでもないのに、なんてでかい手なんだ。
と、その手が輝き始めた。じゅうじゅうと、湯気が立ちのぼっている。
「綺麗《きれい》にしましょうねえ」
カオルの手が、縫い目を撫でる。
手そのものがアイロン代わりなのだ。

じゅううう、と白い湯気が上がり、開いた隙間がみるみる埋められていくのが分かった。

女の頭から、真っ白な炎のように、白い煙が上がって天に溶けていく。

やがて、その顔は真っ白になり、風も止んだ。


「またのご利用お待ちしてるわー」


カオルはダミ声で呟くと、手を合わせて頭を下げた。

ふっと世界が明るくなる。

見ると、高いところから何かが降り注いでいた。

異様に赤い空。

「なんだこれ」

眼下の大阪の街が、赤い陽炎に揺れている。

「お盆だしね。八月十四日の大空襲じゃ、一トン爆弾がメチャメチャ落とされたのよー。翌日は終戦だったっていうのにねえ。この辺りで市民が大勢亡くなったわ」

お盆。そうか。

いつのまにか、石が落ち始めていた。

「うわっ」
浩平が飛び移ってくるのを慌ててつかまえる。
女は石の上に乗ったまま、みるみるうちに落ちていった。
宙に浮かんでいた石も、次々に落ちていく。
落ちる。落ちていく。女も、焼夷弾《しょういだん》も、武者も。
落ちていく、世界が。

そう思ったら、元司令部の前にいた。
ざわざわという懐かしい喧噪《けんそう》。
浩平の肩を抱えたまま、観光客の行き交う公園の中にいる。
明るい白昼の公園。
高くそびえる大阪城天守閣。
長閑《のどか》な光景が、いつもどおりの世界がそこにあった。
「あらー、お二人さんたら、うっとり抱き合っちゃって、お熱いことねー」
カオルのダミ声で我に返り、俺たちはのろのろと離れた。
涼しい顔のカオルがにっこり笑って両手を広げる。

「うふん、どうだった、大阪城。楽しんでいただけたかしらあ」

俺も浩平も力なく首を振る。

恐るべし、大阪城。まさにアンタッチャブル。

「さ、これからウエルカム・パーティー本番よー。任せなさい、きっちり歓迎さしてもらうわよー」

張り切るカオルの顔が、涙で曇ってよく見えない。果たしてこの涙は、安堵《あんど》なのか、哀しみなのか？

自分にも全く理解できないことだけは確かである。

第五話　呉スクランブル

「──ねーえ、あれってあれよねえ？」

右隣でカオルが間延びした声で呟《つぶや》く。

その口調は、どこか上の空というか、自分で自分の言っていることが分かっていない様子である。

「うん──あれはその、やっぱりあれだと思う。現物、見たことないけど」

かくいう俺も、カオルと大して違わない。呆然《ぼうぜん》としたまま、棒立ちになっている。

「ヤマト、発進」

左隣では、浩平が珍しく冗談らしきものを発した。しかも、かつてのＴＶアニメの台詞《せりふ》である。彼にしては大サービスだ。

が、そんなことを気にしているどころではなかった。

俺たちは、凍りついたようにその場から動けず、まじまじと前方を見つめていたのだ。

目の前に広がるのは、うっすらともやのかかった海。

呉湾《くれ》である。

その、静かな湾内の、もやの向こうに巨大な影が浮かび上がっていた。

モノクロームの空。海の向こうの島影や遠い山々が影絵のように見え、それを背景に、その巨大な影は屹立《きつりつ》しているのだった。

いや、それを単に「巨大」という言葉で済ませてよいものだろうか。

それは「超」のつく大きさだった。

雲を衝《つ》くような、という言葉を思い浮かべる。実際、それは艦橋のシルエットを垂れ込めた雲に突きたてているように見えた。

呉湾に浮かび上がる超巨大な影。

正面に、うっすらと見える菊の紋。

俺たちは、太平洋戦争末期に海の藻屑《もくず》となった戦艦大和《やまと》の幻を目にしているのだった。


「だーれもいない海っっっっっふだりの愛を確がめだぐってーっ」

カオルのダミ声が脳天に突き刺さる。

なつメロを歌っているらしい。

浩平の目が泳いだ。周りにいる乗客が決してこちらを見ないことに気付いての、他人のふりであるが、今更遅い。

ほんの五時間前。

海岸線に沿って走る電車の中である。

俺たちは四人掛けのボックス席を野郎三人で埋めていた。

おかしい。なぜ俺たちはここにいるのだろう。

海岸線を見つめる俺の目は遠い。

上方は懲りたはずなのに。

もう足を踏み入れない。そう誓ったはずなのに。

だが、目の前にはあの男がいる。私たち、もう会わないことにしましょう。そう心に決めたはずのあの男が。

そして、なぜかこうして哀しげな表情でうなだれ（俺と浩平は。カオルは楽しそうだ）、初秋の浜辺を運ばれていく。

おかしい。このあいだの大阪こっきりのはずだったのに。この辺りのエリアは俺たちの担当ではないのに。

「あっらー、せっかくの爽《さわ》やかな海を目の前に、何たそがれてるの、遼平ちゃんたら」

向かいのカオルが突然俺の膝《ひざ》をバシンとはたいた。

それも、思い切り。肉厚の掌《てのひら》で、スナップを利かせて。

忘れていた。

俺は痛みが一瞬遅れて全身に弾《はじ》けた瞬間、カオルの「熊の親切」を鮮明に思い出した。

そうだった。こいつの手が届く範囲内には、決して居てはいけなかったのだ。

同じことを浩平も思ったらしく、ヤツがじりじりと座る位置を通路側に移していくのを感じた。

俺は喘《あえ》ぎつつ必死に答えた。

「たそがれてなんかないさ——ちょっと眠気を感じただけで」

くそ。俺の席じゃこいつから逃げられないぞ。

浩平をガン見してみるが、ヤツは素知らぬふりをする。

ようやく痛みが引いてきたので、もう一度追及してみることにした。

「なあ、なんだってまた俺と浩平が呼ばれたんだ？　こっちにはこっちの担当がいるだろう？　もうバカンスシーズンも終わったし、面子《メンツ》は足りてるはずだろ」

上方どころか、ここはさらに西の広島。本州の終わりも近い。担当外も担当外、普段でもなかなか訪れる機会のない土地である。

煙草屋に言われてやってきたものの、納得できない遠征である。

「そうね――それは、愛されてるからじゃない？」

カオルはそう呟き、なぜかアンニュイにふっと溜息《ためいき》をついてみせた。

「誰に誰が？」

俺は思わず突っ込んでしまった。

「やだっ、あたしに皆まで言わせないでよっ」

キャッと恥じらうカオルの表情に既視感を覚えた俺の動きは素早かった。

ここから一瞬にして逃げ出すことはできない。

そう判断した俺は、立ち上がって窓に張り付いたのだ。

その判断は正しかった。カオルのびゅんと振られた手はそこに座っていれば俺にぶち当たるはずであったが、すんでのところで回避に成功し、肉厚の掌は見事浩平の横面を直撃したのである。

完全に不意を突かれた浩平は、その衝撃に一瞬失神したらしく、傾いた横顔に白眼が見えた。

「浩平っ」

通路にくずおれそうになったヤツの腕をつかみ、慌てて引き戻す。

「あら、大丈夫？　浩平ちゃん？」

カオルの口調は言葉とは裏腹に、全く心配している気配はない。

浩平は意識が戻ったらしく、目をぱちくりさせ、頭を叩《たた》いている。

「うふん、こっちのみんなが夏の大阪コンパであんたたちを気に入ったみたいでー」

カオルはしなを作った。

「ぜひぜひまた会いたいって、あたしのところに熱烈要望が殺到よ」

夏の大阪コンパ。

俺はコンパをした覚えはないのだが。

大阪城でのバケモノ揃い踏みのち大乱闘のあと、カオルが経営している複数の飲食店をハシゴさせられた。どこの店でも彼の友人が大挙して現れ、地獄のように飲んでいったことは記憶している。俺も浩平も疲れ切っていたのに朝まで帰してもらえず、翌日帰路についた俺たちの目にはくっきりと隈《くま》ができていた。あの時、二度と上方の仕事には関わるまいと決心したのだ。

しかし、カオルの表情を見るに、彼の中ではそれは美しい思い出のようだった。

「だから、またみんなで飲めるように、わざわざこっちの仕事をセッティングしてあげたってわけなの。仕事だって言えば、あんたたちだってこっちに来やすいでしょ？　感謝してっ」

　カオルは恩着せがましくウインクしてみせる。

　俺と浩平は力なく笑うしかなかった。

「いや、そこまで気を遣ってくれなくてもいいよ。俺たちも結構本来の仕事が忙しいし、みんなだって忙しいだろう？」

　遠回しに断ってみるが、それが通じる相手ではない。

「そこは愛よ。愛があれば遠距離だってヘイキ」

　カオルはうっとり両手の指を組み合わせる。

　煙草屋の複雑な表情が目に浮かぶ。思えば、「なんで？」と問い詰めた俺たちと最後まで目を合わせなかったっけ。カオルに（あるいは、カオルにプレッシャーをかけられた煙草屋に）押し切られ、俺たちを派遣することにしたものの、詳しく説明できなかったのも無理はない。

　俺は寒気を感じ、ぶるっと背中が震えた。

　いったい誰の誰に対する愛なのだろう？

　そう口に出しかけ、たぶんそれは聞かないほうがいいと告げる本能に従い、喉《のど》の奥に引っ込める。

「しかし、呉——ね。確かに昔は大軍港だったけど、今は普通の港だろ？　これまでの経験からいって、『グンカ』が出るのは大都会の外れや隙間だった。無意識の欲望が発酵しやすいところ——過去の亡霊がまだ湿ってそうなところ——そういう印象がある。なぜ呉？」

「そうね、あたしもそう思ったわ。でも煙草屋はピンポイントで呉を予報したのよ」

カオルたちは西日本担当の煙草屋の指示で動く。

「ふうん。あっちゃこっちゃ散らばると、出張がたいへんだな」

こうしてみると、俺たちの仕事はほとんどが首都圏だった。あまり遠方まで行ったことはない。

「あ、でも、自衛隊の士官学校があるんだよね？」

「そう。江田島《えたじま》ね」

「江田島って、『えたじま』で濁らないんだな。『えだじま』じゃなく」

「日本海軍時代は、世界三大兵学校と言われてたのよ」

「あと二つってどこ？」

「アメリカのアナポリスと、イギリスのダートマス」

さすが元自衛官だけあってすらすらと挙げる。

「ひょっとして、それが関係する？」

「さあ、ね。だとしたら、どうして今なのかしら。ともかく、行ってみなきゃ分からないわ」

カオルは肩をすくめた。

車窓のすぐそばに海が迫っている。

反対側の窓の外には山が聳《そび》えているから、まさに海と山のあいだを縫うように線路が続いているのだ。当然、単線であり、駅に着くたび通過待ちがある。

初秋の海は静かで、遠くに島なのか海岸線なのか分からぬ山が続いている。この辺りの海岸線は複雑だ。

「呉と言えば海軍。海軍といえばカレーだな。どうしてなんだろ」

我ながら乏しい連想だと思いつつ俺がそう呟くと、カオルがふんと鼻を鳴らした。

「それは、神田《かんだ》神保町《じんぼうちょう》がどうしてカレーの聖地になったのかってのと同じ理由よー」

「神田神保町と？」

聞き返すとカオルはいかにも頭の悪い子供を見るような目つきで見下ろした。

「なんで神保町にカレー屋ばっかりあると思う？」

カレー。思い浮かべたとたん、カツカレーが食べたくなった。

「うーん、諸説あるって聞いたぞ。ご飯とおかずが一皿になってて、本を読みながらでも食べやすかったとか（「サンドイッチ伯爵」と浩平が呟くのが聞こえた）、カレーの匂いが古本の匂いを消したから、とか」

「さて、質問です。神保町って何の街？」

カオルが真面目くさって尋ねた。

「ええと、古本屋の街。古本に限らず本の街」

「それから？」

俺は指を折って続けた。

「スポーツ用品と楽器の街」

「それから？」

「えーと、学問の街、かな」

「つまり？」

「大学や専門学校がいっぱい。高校なんかもあったな」

「はい。つまり、学生さんがいーっぱいいる街ってことね」

カオルは大きく頷《うなず》いた。

「そうだよ」

何を当たり前のことを聞くのか。

そう俺の顔に書いてあったのか、カオルはあきれた。

「やあね、だったら分かるでしょ。今みたいに外食チェーン店が発達してたり、全国の食材を取り寄せできるような時代じゃなかったんだってこと」

「こんなに誰も彼も外食するようになったのって、ここ十年くらいだもんな。子供の頃なんか、めったに外食なんかしなかった」

「でしょ。全国から上京してきた学生にとって、東京の食べ物はかなりの異文化。味噌《みそ》に醤油《しょうゆ》、漬物におかず。相当な食文化のギャップがあったはずよ。現代人だって味噌や醤油の違いにショックを受けるくらいだから、昔はとんでもないギャップだったでしょうね。あたしが思うに、カレーはそういう食文化のギャップを超えて食べられるものだったんじゃないのかしら。だから東京最大の学生街で広まったのよ」

「ああ、なるほどね。俺も白味噌は苦手だもんなあ。おいしいとは思うけど、毎日飲むのはつらいな」

「そういうこと。ましてや、昔の兵隊さんなんか、全国津々浦々からの寄せ集め。いよいよ食文化のギャップは大きかったでしょう。カレーは食文化ギャップの多いところでは便利だったんじゃないの」

「口べらしのために息子を軍に志願させた親は多かったんだろうな。軍自体、メシで釣ってたんだろ？」

「そうね。軍に入って初めて三食きちんと食べられたって喜んだ話は聞くわ」

「海軍のメシはうまかったっていうのは本当なのかな？」

海軍グルメという言葉に聞き覚えがあった。陸軍グルメというのは聞いたことがない。

「本当みたいよ。船って、閉塞《へいそく》空間でずーっと顔突き合わせてるから、メシがまずいと暴動になるしね。特に、オフィサークラスになると、フレンチのフルコース食べてたっていうんだから、んまっ、贅沢《ぜいたく》っ。船はいわばキャンピングカー。基本、歩きで野営の陸軍とは全然違うわ」

「そうだよなあ。海の上じゃあ、いちいち魚釣ってるわけにいかないもんなあ」

「船ってのは、夜食も含めて一日四食準備しなきゃなんないから、賄い部門は大変だったらしいわ」

「持ってく食料も相当な量だよなあ」

「そうよ。戦艦大和なんか、乗員約二五〇〇人よ。毎回その人数の食事を用意するんだから、凄《すご》いでしょ」

二五〇〇人。

頭の中に、ご飯をよそった茶碗《ちゃわん》が一列にずらりと並んだ。二五〇〇個の茶碗は到底想像しきれず、列の終わりが見えない。

茶碗を一〇個ずつに詰めて並べてみても、やはり果てしがない。

「想像すると気が遠くなるなー。下手なホテルよりかずっと多い。それこそ一日中メシ作ってなきゃなんないわけか」

呉といえば、戦艦大和が建造されたところだ。数年前に、続けて戦艦大和を描いた映画が公開されたっけ。そのセットを残して公開していた場所もあったはずだ。

「ヤマト」

浩平が、珍しくうっとりした声を出した。こいつ、飛行機好きだと思っていたら、どうやら軍艦趣味もあるらしい。

「呉って、まだ戦艦大和を造ったドックがあるんだろ?」

そう尋ねると浩平が頷き、カオルが説明する。

「ええ。昔は海軍工廠《こうしょう》は最高級の軍事機密だったから、呉の町自体がカムフラージュされてて、外部からは完全に隠された町と港だったんですってよー。通いで来てた民間の工員も夜明け前の暗いうちに工場に入らされて、工場と町の全貌《ぜんぼう》は分からなかったとか」

「ふうん」

思えば、ここで戦艦大和の話題が出たことは、その後の展開を予期していたというべきかもしれない。もっとも、呉に来てその話題が出ないのも不自然な気もするが。

しかし、まさか話題の主の幻に出くわすことなど露知らず、電車はゆっくりと呉駅に滑り込み、俺たちは明るい午後のホームに降り立ったのである。


降り立った呉は、どことなくハイカラな雰囲気の漂う、落ち着いた町だった。

古い歴史のある町は、空気の色でなんとなく分かる。密度が濃く、重みがあり、お濠《ほり》の水みたいな、ねっとりした色をしている。醸造された空気というものがこの世にあるならば、古い町の空気はそんな色だ。突貫工事で再開発した郊外のような、すかすかした埃《ほこり》っぽい空気とは全然違う。

そして、関東とは異なる匂い。瀬戸内《せとうち》独特の、「陽光」という言葉がぴったりの明るい陽射し。

山と海に挟まれた土地独特の、凝縮された時間と空間を感じ――そして、残念ながら、近いところに会いたくない連中がいるという予感をもちらっと覚えた。

それは浩平も同じだったようで、駅前に出たヤツがほんの一瞬、寒気を感じたように身震いしたのが伝わってきた。

忌々しいことに、やはり今回も煙草屋の予報は正しい。たまには予報が外れて、物見遊山だけで引き揚げることがあってもいいような気がするのだが。

「蒸し暑いな」

俺は思わず首筋に手をやった。

じっとりとした汗が触れる。

「低気圧近付いてるもんねー。気圧がみしみし下がっていく予感がするわあ。あたしの繊細な膝が、かすかにうずくもん」

カオルが自分の膝を撫《な》でた。

さすがに自分の身体を撫でる時はスナップを利かせないようである。

俺と浩平は、同じことを考えたらしく、カオルの膝を見てからお互いの顔を見た。

「あー、まずはご飯よねえ。腹が減っては戦はできないわあ」

カオルは伸びをし、なぜか四股《しこ》を踏んだ。

「むんっ」

妙な決めポーズ。

「おまえ、膝が痛いんじゃないのか」

「そうよ。でも、だからこそ柔らかくしとかないとねー。すぐに使えないでしょ」

分かったような分からないような理屈だが、確かに腹は減った。

駅前を行き交う人々、この長閑《のどか》な空気。カオルも緊張感を覚えていないようだし、今すぐどうこうという感じではなさそうだ。あいつらは、だいたい夕暮れ近く、逢魔《おうま》が刻に現れる傾向が強い。

「いい店あるのよ、かむおーん」

カオルは先に立ってスタスタと歩きだす。

俺たちは少し距離を置いて、彼の駆動域に入らぬよう用心しいしい、カオルについていった。

駅前のみに繁華街が集中するタイプの都市ではなく、中心部は少し離れたところのようだった。どちらかといえば、ロータリーを除いて駅前はがらんとしている。

カオルは土地鑑があるのか、ずんずん慣れた様子で歩いていく。

「いいところだなあ」

俺はそんな感想を漏らした。

山がすぐそばに迫っているが、圧迫感はない。むしろ、天然の地形で、山のふところにすっぽり守られているような安心感がある。

入り組んだ湾に面したこの土地が、周囲の小さな島々の天然の目隠しに守られ、恰好《かっこう》の軍港になったのも頷ける。集落の中央を流れる川は、ゆったりとして満々と水を湛《たた》えていた。

なんとなく観光気分になり、ぶらぶらと初めての土地を歩くのを楽しんでいるのを感じる。

ま、たまには、これくらいはな。

駐車場の脇の自動販売機に何気なく目をやった俺は、一度視線をよそに移してから慌てて元に戻した。

「だし」

「え?」

浩平が聞き咎《とが》めて俺を振り向く。

「なんで駐車場にだしの自動販売機があるんだ。しかもあごだし」

俺たちはその自動販売機をしげしげと見た。これがまだ味噌汁とか、コンソメスープの自動販売機だというのなら分かるが、明らかに調味料としてのだしがペットボトルに入って売られている。

「飲む――とか?」

浩平が首をかしげた。

「呉市民は駐車場でだしを買うのか？」

「なに油売ってんのよーっ、ダッシュっ」

カオルのダミ声が飛んでくる。

いや、売ってるのは油じゃなくて、だし汁なんだけどな。

俺たちは早足でカオルを追った。

カオルが入っていったのは、白いのれんのかかった何の変哲もない食堂だった。

が、どうやら一日じゅう営業しているタイプの食堂らしく、半端な時間なのに結構客がいた。機械を止めずに何日もぶっつづけで操業をする、鉄鋼や化学関係の工場地帯のそばには、夜勤明けの労働者のために、必ずこういう店がある。

保冷ケースの中に、煮魚やポテトサラダなど、惣菜《そうざい》の皿が並べてあり、皿ごとに値段が付いていた。

カオルは迷わず幾つかの皿を取り出し、「おねえさん、あったためてー」と相変わらずの声で叫ぶ。

俺たちは窓のそばのテーブルを囲んだ。

窓の外に緑の濃い切り立った山が見え、一瞬、自分が仕事でこの場所にいることを忘れた。

「――やっぱり分からないな」

俺は電車の中でも口にした疑問を繰り返した。

「なんで呉なんだ？　こんなに長閑なところなのに」

窓の外を鳥がすうっと飛んでいく。

低い。やはり、カオルが言ったとおり、天候が崩れるのかもしれない。

「戦艦大和の再ブームが来てるからか？」

「違うわよ」

カオルはちらっと小馬鹿にした目つきで俺を見ると、唇に挟んで割り箸《ばし》を割った。

ちょっとばかりムッとする。

「どこが違うんだ」

「あらやだ、割り箸ささくれちゃったー、やーん、片思いー」

カオルは、目の前の割り箸を睨《にら》みつける。目がマジだ。

綺麗《きれい》に割れず、片方が割れてしまった状態を片思いと呼ぶというのは、俺も遠い昔に経験したことがある。

「この割り箸、あんたにあげる。これ、あんたの割り箸よ、あたしのじゃないわよ。あんたが使いなさい。あたしはもう一回挑戦よー」

浩平は、押し付けられた割り箸を渋々受け取ると、かつおのたたきをつまんだ。

カオルは充血した目でもう一度割り箸を割る。

「むん！」

今度は綺麗に割れた。

カオルは大げさに胸を撫で下ろす。

「よかったー。遼平ちゃんみたいになったらどうしようかと思ったわー」

「なんだよ、俺みたいにって」

「んー、女房に逃げられたんだけど、そうじゃないって思いこもうとしてるとかー」

「余計なお世話だ」

「ありがとー、おねえさん」

煮豆腐が来た。上に載せられているのはおぼろ昆布で、熱にふわふわと躍っている。

「うふっ、おいしそう。食べましょ」

カオルは割り箸を持ったまま手を合わせた。

腹が減っていたので、野郎三人、無言で食べる。

さすが、港町だけに魚がメインで、どれもおいしい。

他のお客が日本酒を飲んでいるのが羨《うらや》ましいが、さすがに仕事中なのでやめておく。

「――あんた、何年この仕事やってんのよ」

カオルは不意に声を低め、俺を睨みつけた。

なんとなくどきんとする。

喋《しゃべ》っていると忘れているが、カオルの顔だけ見ているぶんには相当な強面《こわもて》である。

表情の読みにくい、カオルの小さな目が鈍く光った気がした。

「こないだの大阪を思い出しなさいよ。見たでしょ、大阪城。あそこは人間の支配欲と権力欲が積もりに積もってた場所よ。そのふたつには、もれなく暴力がついてくる。これまで数限りない連中が、あそこであの負のエネルギーに中《あ》てられてきたのよ」

カオルはイワシの煮付けを小皿に移した。

「ひるがえって、今の大阪を見なさいよ。デマゴーグの見本みたいなあの混乱。もちろん、それは民衆が潜在的に望んでるからこの世に顕《あらわ》れたものだわよ。望んでるのに気付いてないヤツも多いけどね。だけど、『グンカ』はそのきな臭さを敏感に感じ取ってる。自分の出番が来たと思って、覚醒《かくせい》する。両者はあそこで出会い、あの場所で瘴気《しょうき》のごとく噴出したってわけよね」

空飛ぶ石垣を思い出し、俺は身震いした。

「それは分かる。だけど呉は？　源平《げんぺい》合戦の怨念《おんねん》か？」

「違うと思うわ」

カオルは肩をすくめた。

「『グンカ』が大好きなのは、抑圧されたルサンチマン。抑圧された自己愛。常におのれの不遇の責任転嫁先を探す不満——そういったところかしらね」

カオルは歌うように言った。

「あいつら、だいたいは眠ってるけど、いつでもそういった連中と結びつく準備はできてる。いつでも意識下に充満してるそいつらに取り付く。そういう時代の空気、都市の空気に忍び込んで、馴染《なじ》んで、乗っ取る」

「じゃあ、おまえはここ呉で、どのあたりにヤツらが出るのか見当はつけてるんだな？」

「まあね。少なくとも、江田島には出ないと思うわ。あそここそ、きな臭さとは最も無縁な場所だわね。誰よりもきな臭くなることを望んでないエリアだもの」

「それもそうだな」

「『グンカ』が何より大好きなもの——あいつらとすごーく親和性の高いもの——それってなんだか分かる？」

「さあね」

カオルは綺麗に割った割り箸をぴたりとくっつけた。

「ナショナリズムよ」

「ああ、なるほど。じゃあ、やっぱり戦艦大和のところか？」

カオルは鼻を鳴らした。

「よしてよ。逆に、あれくらいかつての日本のナショナリズムのダメダメなところを象徴してるもんってないでしょ。戦場の主軸が既に飛行機になってたのに、出来た時点で時代遅れ。図体《ずうたい》ばかりでっかくて、ただ沈むためだけ、資源を無駄にし、乗員を犠牲にするためだけに生まれてきたような戦艦」

「うーん。そうなのかなあ。少なくとも、大和を造るのに開発した技術は、戦後役に立ったんじゃないのか？」

「あたしはニッポンの家電がダメになったのと同じ理由を戦艦大和に感じるけどねー。学習してないってことかしら？」

カオルは冷めた表情で呟いた。

が、宙を見上げる。

「でも、何かがあるのよ――ここ呉にあいつらが滲《し》み出す理由。ここが何かの端っこで、何かの継ぎ目で、そこからあいつらが浸食してくるんだわ」

俺たちは窓の外に目をやった。

さっきと変わらない長閑な風景なのに、どこか薄暗く感じる。

「滲み出す——なんかそれって嫌だな」

「潜水艦」

浩平が呟いた。

見ると、浩平は、カオルに押し付けられた割り箸を折って並べ、テーブルクロスの上に潜水艦らしきものの絵を描いていた。やはり片方が大きく割れていたので使いにくかったらしい。

「そうそう、ここ、日本で唯一の潜水艦の訓練施設もあんのよね。引退した潜水艦の中にも入れるわよ。行ってみる？」

「俺、閉所恐怖症気味なんだ」

何気なく素直に返事をした俺は、カオルの顔がパッと輝くのを見て、「しまった」と思った。

カオルは身を乗り出す。

「ぜひぜひ行きましょうよー、遼平ちゃん」

俺が怖がるのを見たいだけだというのは明らかである。

「いや、仕事もあるし、そっちが済んで時間があれば、だな」

必死に話題を変えようとする俺。

「潜水艦っていえばさー、あたし、ずっと不思議に思ってたのよね。敵のソナーをかわすために、エンジン止めてうーんと潜航するシーンがあるじゃん、映画でも漫画でも」

カオルは話題を引き戻す。

「でさー、あんまり深く潜っちゃうと、すんごい水圧のせいなのか、あちこちからぶしゅーっ、ぶしゅーっ、ってパイプから水が噴き出すシーンがあるじゃない？　あれってホントなのかしら。あれ、結構潜水艦モノではお約束のシーンなのよねー。怖いわよねー、水圧ってー。ぶしゅーっ、ぶしゅーっ、よぉ。懐かしいわあ、『眼下の敵』とか『Uボート』とかー」

カオルは俺の目を見て擬音を繰り返す。

水圧。

真っ暗な海の底で、狭い鋼鉄の塊の中にいて、頭上から凄《すさ》まじい圧力が掛かっている。

自分がそんなところにいるのを想像するだけで、俺はパニックの兆しを感じた。

苦しい。呼吸ができない。

「昔の船だから」

浩平が首を振った。

「今はない」

「あら、そうなの？」

カオルは浩平の顔を見る。

俺は気を落ち着けようと、口をぱくぱくさせ、何か飲もうと思ったが、お茶が残っていなかったので、皿に残っていたかつおのたたきを取り上げ、ぱくんと口に放り込んだ。

「あーっ」

カオルと浩平が叫んだ。

「ひどい、あんた、最後のかつおのたたき食べたわねっ。あたしが自分のために取っておいたのにっ」

あまりの剣幕に、俺の喉にかつおが詰まり、俺は慌てて飲みこんだ。

気管に葱《ねぎ》が入ったのか、激しく咳《せ》き込む。

「んまー、年上に譲るのが礼儀ってもんでしょっ」

カオルはカンカンだ。

「誰も——食べないから喰《く》ったんだ」

俺は口ごもりつつ弁明した。

「あんたって昔からそういうヤツだったわよねー、普通、最後に一つ残ったら、誰かに勧めるとかして、いきなり食べたりしないでしょっ」

「すまん」

なんで俺が謝らなきゃならないんだ。

疑問に思いながらも、俺は平謝りに頭を下げていた。

壁の時計にわざとらしく目をやる。

「あ——結構長居しちまったな。そろそろ、行こうか」

そう言って俺が腰を浮かせたのは、決して「仕事に取り掛からなければ」と思ったからだけではない。


暖簾《のれん》をくぐって外に出てみると、どことなく湿った風が吹き始めていた。

自分の表情が硬くなるのが分かる。

それまでの観光気分が、一瞬にしてどこかに行ってしまった。

風の匂いとその感触は、明らかにこの先の不穏な展開を予想させたからだ。

浩平とカオルも同じことを感じたのだろう。つかのま、互いの顔色を探るような目つきになった。

風は海から吹いていた。

「当然、海のほうに向かうんだよな」

俺は、努めて何気ないふりを装った。今更この面子で何気ないふりを装っても仕方ないのだが、そこはそれ、悲愴《ひそう》感を背負って仕事するのは俺の趣味ではないのだ。

カオルはさっと周囲を一瞥《いちべつ》した。

「ドックのほうに行ってみましょう」

そう言ってきびきびと歩き出す。

さっきまで「陽光溢《あふ》れる瀬戸内の景色」だったのが、食堂でかつおのたたきと煮豆腐を食べているあいだにすっかり様変わりしている。

「雲」

浩平が遠くに目をやった。

その視線の先を見て、思わず息を呑む。

「なんだ、あれ」

これまでも、面妖《めんよう》な風景はいろいろ見てきた。それこそ、絵に描いたようなバケモノだって見てるし、大挙してやってくるカオルの友人たちのどアップという凄まじき光景も目にしてきている。

しかし、この時目にしたものは、些《いささ》か毛色が異なっていた。

広い空は、いつのまにか陽射しがなくなり、厚い雲が塗りこめたように覆っていた。そののっぺりとした雲を見た時、俺の頭を過《よ》ぎったのは、「スクリーンみたいだな」という印象である。

が、次の瞬間、どういう自然現象なのか、そののっぺりした灰色がかった雲にサッと紫色ともオレンジ色ともつかぬ、毒々しい色彩が射し込んだ。それが、雲全体に異様な縞《しま》模様を作っている。

まるで禍々《まがまが》しいオーロラだ。

その時、奇妙なことに、ずいぶん前に観た何かの映画だかドラマだかが頭に浮かんだ。

あれはなんだっけ。

その話の中では、オーロラが現れるというのが「時の窓」の開く合図だったということは覚えている。空にオーロラが掛かると、タイムトラベルができるという設定で、オーロラが浮かんだのを見ては、急いで主人公たちが過去と現在を行き来するという話だった。

ふと、夢を見ているような心地になった。

あたかも自分がタイムトリップをしているような——

いや、いかんいかん。雰囲気に呑み込まれてどうする。俺は慌てて頭を振った。

「なんだかやな色ねぇー」

カオルも顔をしかめて空を見上げている。

三人で満々と水を湛えた川べりに沿って歩く。

「あっちがドックかな?」

工場が並び、古い赤黒く錆《さ》びた四角い建物のあるほうに目をやった。

「そう」

「あんなでかい建物なのに、意外に見通し利かないんだな」

「昭和十五年八月八日」

浩平がぼそっと呟いた。

「なんの日付だ?」

「大和の進水式」

カオルが答えた。

よく知ってるな。

「それって、やっぱり末広がりで選んだ日にちなのか? それとも大安だったのかな」

俺は「グンカ」と戦っている割には、ミリタリー系には疎いのだ。正直、あまり近付きたくない。

「んー、どのみち縁起のいい日だったんでしょうねえ」

カオルが肩を回した。

「造ってるほうも、呉市民も、誰も全貌を見たことがなかった大和が、初めて覆いを外した時は、みんな、あまりの巨大さに度肝を抜かれたらしいわ。きっと、山が動いてるみたいに見えたんじゃない？」

「でっかい船だったってことは知ってるけど、どのくらいでっかいの？」

「そうねー」

カオルが考え込む。

「二六三メートル」

浩平が答える。

「長さがか？」

パッと数字を言われても長さの見当がつかない。

五十メートルプールが五個並んでるところを考えてみる。

「えっと、東京駅の駅舎の長さが三三〇メートルくらいだっけ？　だから、あれよりは短いけど、高さは東京駅より全然高いわねー。艦橋のてっぺんが、海面から四十メートルくらいはあったっていうから」

「四十メートル」

頭の中に、東京駅の駅舎と二重になっている戦艦大和が浮かんだ。

そいつはでかいなあ。といっても、まだうまくイメージできないが。

呉港が見えてくる。

実にこぢんまりとした、島と山が天然の目隠しになった湾である。これなら、何かを秘密裏に造るにはぴったりだろう。

七十年以上も前に、ここから巨大な戦艦が出ていくところを想像すると、奇妙な心地がした。国家最高機密の、極秘扱いだった艦船。恐らく、華やかな式ではなかったろう。国家の命運を背負い、さぞや緊張感が漂っていたに違いない。しかも、出来た瞬間から時代遅れになっていたのだ。

今や遠い海の底に沈んでしまった船。アニメや小説、映画のみでしか知らない。しかし、どんな船にも新品の時があったのだ。

「変ねー、空はこんなに気持ち悪い色のくせに、『裂け目』らしきものが見当たらないわー」

カオルがきょろきょろした。

確かにそうだ。

煙草屋の予想は伊達《だて》ではない。「裂け目」の現れる場所を外すことはまずない。

さっき吹いてきた風は、てっきり「裂け目」から流れてきたものだと思ったのだが。

海は穏やかだった。

曇り空の下なので、海面も灰色で、あまり空の色と変わらない。ずっしりと重い海水が、すぐ近くまで迫ってきている。

平日とあって、あまり人気《ひとけ》もなかった。フェリーがゆっくりと岸を離れていくのが見える。江田島に渡る船だ。

カモメなのかウミネコなのか、白い鳥が水面《みなも》近くをホバリングしていた。

やはり、低く飛んでいるのは天候が崩れるサインなのだろうか。

「やっぱり分からんなあ。なんで呉なのか。ここに『裂け目』が出来る理由は?」

俺は首をひねった。

「あたしも分かんない。おっかしいわねー」

いつしか、三人で海に向かって所在なげに並んで立っていた。

恐ろしく風情のない、ついでに言えば華もない野郎三人組である。

天気は曇りだし、中途半端な時間だし、夕陽に向かって叫んだり駆けていったりすることもできない。砂浜、ないし。

「ふう」

カオルがうっとりと呟いた。

「海って、なんだかロマンチックっ。ああ、昔のこと思い出しちゃうわ」

俺と浩平は顔を見合わせた。こんな殺風景な景色のどこがロマンチックなのだろう。ついでに言えば、カオルの言う「昔」とは何年くらい前のことになるのか。

しかし、相変わらず「裂け目」の気配はない。

どう考えても、呉に「裂け目」が現れるのなら、かつて戦艦大和を生み出したドックか、進水した海域辺りだと思われるのだが。

俺は周囲の気配を感じ取ることに集中した。

カモメだかウミネコだかがどこかで長閑に鳴いている。たまにはこんな日もあるのかもしれない。

「なあ、もしかして、何もせずに帰るのは初めてじゃないか?」

「多分」

俺の問いかけに浩平が短く答えた。

ふと、思いついた。

ひょっとして、カオルが俺たちを呼びつけるために、煙草屋を脅して無理やり予報を出させたという可能性があるのではないか？

そっとカオルを見る。こいつならやりかねない。

しかし、カオルは何か物思いに耽《ふけ》っているらしく、近くの石段に片足を乗せてポーズを取っている。かつて、東映映画かなんかで観たマドロス（死語だ）を気取っているのだろう。

「そうだっ」

突然、カオルが俺の肩をはたいた。

不覚だった。

全く油断していた。

恐らく、家に着く頃には、カオルの手形がべったり肩に付いているに違いない。

不意を突かれた痛みというのは、予想している時よりも何倍も痛く感じるものである。

一瞬、息ができなくなり、目の前が赤くなった。

浩平が慌てて肩をさすってくれたが、眩暈《めまい》のする痛さである。

「じゃあじゃあ、せっかく呉に来たんだし、両城《りょうじょう》の二百階段行きましょっ。あそこ、映画のロケで使ったのよぉ。イーさんが出てる、あの映画よっ。あたし、ファンなのっ」

「イーさん？」

震えながら尋ねると、浩平が名前を呟く。

俺でも知っている若手俳優だった。なんでも運動神経が抜群で、どんなアクションもスタントなしでこなすと聞いたことがある。

「二百階段？」

呼吸がようやく戻ってきた。

「ほら、あっちよ。ね、急な斜面に家がいっぱい建ってるでしょっ。あの中にすっごい急な石段があって、若者たちがトレーニングで上り下りするのよっ」

カオルが先頭に立って早足で歩き出した。

「かむおーん。やーん、なんていいアイデア。帰ったらみんなに自慢できるわー。みんな嫉妬《しっと》するわね」

「なんなら、おまえ一人で行ってきてもいいぞ」

俺と浩平が及び腰になると、カオルは厳しい顔で振り向いた。

「あらー、もちろん一緒に上るでしょ？」

その目が笑っていないので、俺たちはあきらめてのろのろと後についていく。

しばし早足で歩くこと、二十分。

山が近付いてきて、急な斜面を埋める住宅街が見えてきた。

「おい」

俺は思わず立ち止まってしまった。

「まさか、あれじゃないだろうな？」

「ステキっ、あの急勾配《こうばい》、たまらないわねー」

カオルは嬉々《きき》とした表情で両手の指を乙女のように組み合わせ、身体をくねらせた。

両城の二百階段。

名前を聞いた瞬間から嫌な予感はしていたが——愛宕《あたご》神社の出世の石段なら上ったことがあるが——

「ハシゴ」

浩平が呟いた。彼の言いたいことはよく分かった。丘の斜面が住宅地になっているのだが、それらしき階段は、ほとんど崖《がけ》のような斜面を縫うようにして上まで続いていた。階段というより、ほとんどハシゴのように見えるのだ。

「なんだあれは。罰ゲームか？」

「へーい。俺たち海ザルだぜいっ」

うきうきした顔で石段に近付くカオル。

「行くわよっ、若者たちっ」

カオルが軽やかに石段を上り始めたその時。

不意に辺りが暗くなった気がした。

俺はハッとした。

「――おい、今、あいつなんて言った？」

浩平は俺の質問の意味が分からなかったようで、きょとんとしている。

「『俺たち海ザルだぜい』？」

俺はぼんやりとカオルの台詞を繰り返す。

「海ザルって――つまり」

ごくりと唾《つば》を飲み込む。

「海上保安庁」

浩平がそう言って頷く。

「あの映画、ここで撮ったのか。ロケ地、呉」

俺は呆然《ぼうぜん》として辺りを見回し、動転して叫ぶ。

「カオル」

しかし、カオルはもうかなり石段を上っている。

頬を風がそっと撫でた。

生暖かい、不穏な感触。

「そうだよ。聞いたことがある――海上保安大学校。それがあるのも呉じゃないか」

愕然《がくぜん》として、見上げる。

不気味な風が噴き出していた――正面から、吹き下ろしてくる。

俺と浩平は、反射的に後退《あとずさ》りをした。

目の前で、石段が不気味な茜色《あかね》に光っていた。

二百階段。

じわじわと赤い光が内側から射してくる。

最初は糸のように細い線だった。

階段の手すりにそって、下から上に向かって、まるで登り龍のように、うねる赤い線が凄まじいスピードで走っていった。

「裂け目」がいつしか出現していたのである。

「カオルっ」

俺は引きつった声で叫んだ。

海上保安庁。

領海侵犯――領土争い――今や、各国のナショナリズムの最前線で戦っているところ。

江田島でも、ドックでもない。

考えてみれば、自明ではないか。ここが縁《へり》であり、「裂け目」であるのは、明らかではないか。

「裂け目」は、じわりと幅を広げた。

風が唸《うな》りを立てて、吹きおりてくる。

わらわらと中から腕が出てきた。

今や、階段と同じくらいの幅になった「裂け目」から、奴らが出てきた——これまで見たこともないほど、大勢の「グンカ」が、縦一列となって。


それにしても、ここのところ、現れる「グンカ」は些かインフレ気味である。

俺たちは、つかのま——恐らく、体感している時間よりも遥《はる》かに短いあいだであろうが——呆然とせざるを得なかった。

なにしろ、二百階段全部が上から下まで丸ごと「裂け目」になっていると思われるのだ。あふれ出す「グンカ」もハンパない。そもそも、視界に収まりきらない。

いや、あまりにも——ちょっとばかし多すぎはしまいか。

こないだの大阪も凄かったが、こんなの、縫えないぞ。関西はこれが通常量なのだろうか。やはり「グンカ」もコテコテなのだろうか。それとも――そういう時代なのだろうか。再び彼らが表舞台に躍り出る時期なのだろうか。

考えたくはなかったが、チラリとそんな考えが頭をかすめた。

全身を冷たいものが走りぬけ、背筋が強張《こわば》る。

俺たちは水際にいるのだ。ひたひたと打ち寄せる、まさに言葉通りの瀬戸際に。物理的にも、時間的にも。

もうひとつ言わせてもらえば、なぜいつも俺たちが「グンカ」と出くわし戦う時は、人っ子一人いないのだろう。

もちろん、分かっている。

今俺たちがいる時間は、引き延ばされた異形の時間なのだと。過去と現在、もしかすると未来まで繋《つな》がってしまった時間なのだと。

恐らく、今この辺りに通行人がいたとしても、俺たちは見えない。ましてや、この大量の、浜の真砂《まさご》のごとく湧いてくる「グンカ」たちは、決して彼らの目には入らないのだ。

こんなに苦労しているのに、ギャラリーはもちろん評価して誉めてくれる人がいないのはなんだか理不尽な気がする。

いや、分かってますよ、こいつらが見えたらもっと困るってことは。

こんなに大量のバケモノが自分の町に溢れていたら、みんな卒倒してしまうだろうし、マスコミも大挙して押し寄せるし、たいへんな騒ぎになるだろう。そのような事態はなるべく避けたいし、避けるべくしてひっそりと暮らしてきた我が一族なのだ。

それにしても、もうちょっと感謝されても――ぶつぶつ。

俺は、自分の混乱をどこかで分析していた。

こんな余計なことを考えているヒマがあったら、一針でも縫うべきなのは承知している。しかし、これまでに見たことのない大量の「グンカ」を前にして、一瞬パニックに陥っていたのも確かである。

どこから手を付けたらいいのか分からない。それが正直な印象であった。

しかし、それも刹那《せつな》のこと。

本能というのは恐ろしいもので、俺たちは反応していた。

押し寄せる「グンカ」の上に飛び乗り、掻《か》き分け、押しまくり、「裂け目」を修復しようと試みる。

浩平も、カオルも、ほぼ同時に飛び出していた。

レフ板を広げ、「裂け目」の中からの光を押し込めようとする浩平。

その肉厚な掌を広げ、直接「グンカ」の顔を殴りつけ、もとい、撫で付けて糊《のり》を利かそうとするカオル。

それは熟練の凄まじいスピードであるから、個々の動きを見ていればちゃんと効果を挙げているのは確かなのだが、それにも増して、後から後から湧いてくる「グンカ」の数が多すぎる。

本当のことを言うと、俺はこれまで「グンカ」のことを怖いと思ったことはなかった。彼らはしょせん木偶《でく》である。彼ら自身には意思はなく、あるのはただ反射のみ。その場その場の集団的無意識に反応しているに過ぎない。動きそのものもただの木偶であるから、とにかく根気よく片付けていくしかない。俺たちは、よくアレに喩《たと》えていた——ほら、宅配便なんかによく入っている、いわゆる「プチプチ」というやつだ。手にすると、どうしてもひとつ残らず指で潰《つぶ》さずにはいられないあれ。とにかく隅から隅まで、残っているものはないかと確かめつつ、粛々と潰していくあの感じ。俺たちにとって、「グンカ」はあれに似た存在だった。

しかし、認めよう——この時、俺は「グンカ」に脅威を覚えた。もはや、こいつらは俺たちの手に余るのではないか。もうこいつらの勢いは止められないのではないか。

そう考えてしまったのだ。

不思議なもので、そういう雰囲気は周りに伝わる。

恐らくは、俺の動揺が浩平にも伝わった。

カオルも分かったはずだ。

二人はその動揺に巻き込まれまいとして、カオルは成功し、浩平は失敗した。

そして、それはマズイことに、圧倒的な数に勝る「グンカ」たちにも伝わってしまったのだ。

俺の動揺を、彼らはエネルギーとして吸い込むのが分かった。

彼らが勢いづき、パチパチと赤い火花が散る。

マズイ。

「グンカ」たちは、俺の不安を呑み込み、ぶくぶくと膨らみ始めた。文字通り、風船を膨らませるように肥え太り、一・五倍くらいに大きくなる。

しかも、その表情は、一様に嘲《あざけ》っていた。

顔が赤黒くなり、口が裂けるように開かれ、嘲笑《ちょうしょう》の花があちこちに弾けた。

チクショウ。落ち着け。怖がるな。こいつらにエネルギーを与えてどうする。

俺は必死に自分に言い聞かせる。

が、焦れば焦るほど逆効果だった。「グンカ」たちは、身をよじるようにしてどんどん膨らんでいく。赤黒い顔が裂け、凄まじい笑みが広がっていく。

彼らはまるで踊っているようだった。

無数の「グンカ」が、二百階段に沿ってわらわらと膨れ上がり、もはやぎっしりと埋めているので、どんどん積み重なり、天へと伸び始める。

モコモコと盛り上がり、まるで洗剤の泡が膨れ上がるみたいに、「グンカ」の塊が空に伸びていく。

それは絡まりあった糸みたいだった。あちこちで足が、手が、蠕動《ぜんどう》するように蠢《うごめ》いていて、ひとつの奇妙な生物のように、揺れている。

じわじわと発火が始まった。皆がバンザイをするように手を広げ、そこここで火を起こしている。

「あちゃあ」

俺は思わず叫んでいた。

俺の身体も、絡まりあう「グンカ」の塊の中に押し込められてしまったのだ。

奴らはどんどん膨らんでいくので、たちまち奥に埋もれ、底へ底へと押し込まれていく。

重たくはないが、身動きができなくなり、呼吸も苦しくなる。

そんな馬鹿な。俺たちが、「グンカ」を封じ込められないなんてことが、まさか――

その時である。

「グンカ」が一斉に顔を上げるのを感じた。

まるで海の中を行くイワシの群れが、敵を察知して一斉に向きを変えるみたいに。

うん？

俺は少しできた隙間を見逃さず、掻き分けて顔を出した。


「あれ、見て」


カオルの叫び声に振り向くと、やはり「グンカ」の山の上に這《は》い出てきたらしき彼が海を指差しているのが見えた。

浩平もまた、あんぐりと口を開けている。

ただならぬ気配。

海上に、それはいる。何か巨大な気配が、こちらを窺《うかが》っているのである。

「ねーえ、あれってあれよねえ？」

カオルが些か間抜けな声で呟いた。

「うん――あれはその、やっぱりあれだと思う。現物、見たことないけど」

俺も似たり寄ったりの間抜けな声だ。

「ヤマト、発進」

浩平の呟き。

なんという巨大な――

俺はゴクリと唾を飲み込んだ。

こんな二百階段の上のほうにいて、しかも更に天に向かって押し上げられているというのに、相手はそれよりも高いところにいて、うっすらと船影が靄《もや》の向こうに浮かび上がっていた。

高層建築のような艦橋。

複雑にいりくんだシルエットは、さまざまな武器や設備の集合体であることが窺える。

そして、正面に浮かび上がる、鈍い金色の菊の御紋。

いったいあの御紋は、どのくらいの大きさなのだろう?

この距離でこれだけくっきりと目視できるのだから、相当な大きさに違いないのだ。

戦艦大和。

昭和二十年四月七日。

アメリカ艦載機の攻撃を受けて東シナ海に沈んだはずのあの大和が、故郷の呉の海に戻ってきたとは――

「グンカ」たちはそわそわと落ち着かなくなり、叫び声を上げ始めた。

明らかに、大和は彼らのことを見ていた。

「グンカ」の群れを睥睨《へいげい》し、じっとこちらを見つめている。

いったい何が起きようとしているのか?

俺たちは、ぽかんと口を開けてそのさまを見ているだけだった。

ものすごい殺気といおうか、なんといおうか、大和全体の影から畏怖《いふ》に似たものが噴き出してきて、呉の町を包み込もうとしている。

全身に鳥肌が立った。

本当に、思念の放射を浴びたような気がしたのだ。

菊の御紋の下が、青く輝いた。

「波動砲――?」

浩平が呟くのが聞こえる。

おまえ、それって、アニメのほうだろ。

俺がそう言おうとしたのと、青い巨大な光がこちらに向かって押し寄せてきたのはほとんど同時だった。

辺りは真っ青になった。

俺たちと、「グンカ」を、巨大な青い光が包む。

「ひえっ」

俺は反射的に目をつむったが、それでも薄目を開けて周囲の様子を目撃していた。

「グンカ」たちは光に包まれ、次々と破裂していった。

裂けた笑みがそのまま破れ、そこここでバラバラになっていく。

おお、これぞプチプチ。本当に弾けてる。

そんなことを思った。

「グンカ」たちはひとたまりもなかった。天に伸びる豆の木のようだった彼らは、ひとつの生き物がもがき苦しむように揺れ、蠢き、ふるふると震え、やがて粉々に砕け散って地面に落ちていく。

「うわあ」

彼らの上に乗っかっていた俺たちも、巻き込まれるのは避けられなかった。

ずぶずぶと落ち窪《くぼ》んでいく「グンカ」の身体の上を泳ぐようにして、なんとか無事に着地するのを目指す。

みるみるうちに地面が近付いてくる。

ハシゴのような石段がすぐそこに来る。

べしゃっ、と最後の「グンカ」が身体の下で潰れ、俺たちは石段の上に無様な恰好で転がっていた。

何もない。

ふと顔を上げると、上から犬を連れた中年女性が下りてくるところだった。

彼女は石段の上に転がっている野郎三人を見て、ギョッとしたように立ち止まる。

俺たちはなんとも中途半端な愛想笑いを浮かべ、石段の上に座り直した。

「いやあ、噂には聞いてたけど、キツイ階段だなあ」

「全く。一息で上れなかったわーん」

額の汗を拭《ぬぐ》うふりをしてみるが、女性は強張った表情のまま、俺たちからいちばん遠いところをそそくさと下りていった。

遠ざかる彼女の背中を見ながら、俺たちは顔を見合わせ、もう一度海のほうを見た。

しかし、もうあの巨大な戦艦の影はどこにもない。

「見たわよねえ」

「見た」

「でかかったわよねえ」

「でかかった」

呆《ほう》けた声で繰り返す。

心なしか、浩平はうっとりした目つきで水平線を見つめていた。

「見た」

彼もまた、ボソリと呟く。

「助けてくれたのねえ」

カオルが低い声で言った。

「うん。まさか、大和が『グンカ』から救ってくれるとは思わなかったなあ」

「てことは、やっぱ大和は恨んでるってことよねえ。あの戦争そのものを」

「ていうことになりそうだな」

俺たちは相変わらずテンションの低い声でぼそぼそと話し合った。

「怖かった。ものすごく怖かった」

肌に感じた畏怖。

巨大な意思のような。

「あれって、乗組員の意思かしら？」

「うーん。どちらかといえば、人の意思というよりは、もはやあの戦艦そのものが持つ意思みたいに感じたな」

「あたしもよ」

沈黙。

海はあくまでも長閑で、静かに凪《な》いでいる。

「あるのねえ、こんなことって」

「正直、危なかったな。あのまま『グンカ』に埋もれたまんまだったら、今回、助からなかったんじゃないか？」

「ちょっと、怖いこと言わないでちょーだいっ」

カオルがむっとした声で言い返したが、その声がちょっぴり怯《おび》えているように感じたのは気のせいだろうか。

「まずいよな」

俺は無意識のうちにそう呟いていた。

マズイ。すごくマズイ。

どす黒い不安が込み上げてくる。

俺たちは、瀬戸際なのではないか？　この先、俺たちは「グンカ」を押しとどめておけなくなるのではないか？

そう口に出したくなるのを俺は必死に我慢した。

どうすればいい？

また助けてくれるのか？

俺は、水平線に目を凝らした。

そこにまだあの影が見えるのではないかというのは、俺のささやかな希望に過ぎないことを自分でも気付いていたのだが。

幕間　横須賀バビロン

「──もうこれっきりですかァ──」

海風に吹かれ、さっきから少年の母親は同じフレーズを繰り返し口ずさんでいた。

少年は、母の物憂げな横顔を眺め、母の向こうで海を行き交う船を見ている。

時折、彼はふとあらぬ方向に目をやる。

彼が何かをじいっと見つめている時だけ、少し目の色が薄くなるように見える。

少年の後ろに、がっしりとした長身の男が近付いてきた。

「やあ、元気そうだね」

声を掛けられ、少年は振り向いて、男の背後に目をやる。

男が歩いてきたところが、ピンク色の足跡の形に光っていた。

少年はじっとその足跡を見つめていたが、すっと掌を向けた。しゅっ、とかすかな音を立て、一瞬にしてそれらは消えた。

「うん？」

男は少年の視線の先に目をやったが、不思議そうに再び少年の顔を見た。

少年が尋ねる。

「おじさん、大丈夫？」

「え？」

「こら、おじさんじゃないでしょ。もう、『お父さん』よ」

母親が冗談めかして少年に声を掛ける。

「ハハハ、いいんだよ」

「ごめんなさい」

母親は小さく肩をすくめる。

「こちらこそ、わざわざ来てもらってすまないね。防衛大学校の卒業式があったものだから」

「いいのよ、海は好きだし」

「引越は済んだかい？」

「ええ」

母親は男にキーホルダーのついた鍵の束を渡す。

と、遠巻きにしていたスーツ姿の男たちの一人が足早に近付いてきた。

「大臣、そろそろ次の時間が」

「そうか。じゃ、また」

男は少年の頭を撫で、母親に頷いてみせると、険しい目をした彼らと一緒に立ち去っていった。

少年は、その背中と男が歩いた地面をしばらく見つめていたが、やがて興味を失ったように海に目を戻した。

第六話　六本木クライシス

とてつもなく大きな出来事というのは、一見ほんのささいな、どうでもいい小さなことから始まっていたりするものである。

もちろん、そこが始まりであったということに気付けるのはずーっと先のことだから、振り返る余裕ができて初めて「ああ、あれがそうだったんだ」と思うわけで、当然ながら、当時のそのゼロ地点をあっさり通過してしまっている。

だから、この日のあたしが緊張感ゼロ、思考力ゼロでてれてれ六本木《ろっぽんぎ》界隈《かいわい》を歩いていたからといって、決して責められたりはしないだろう。ただ、この時、自分が人生の重大な岐路にいることはよくよく承知していたのだけれど。

あたしはそんなに甘党というわけではないのだが、たまにふと和菓子が食べたくなったりする。

この日、梅雨も半ばを過ぎ不快指数二百くらいのどんより蒸し暑い午後とあって、嫌な汗を掻《か》きながら歩いていたあたしは、ふと「水ようかん」の涼しげな墨で書かれた文字に惹《ひ》かれ、ついでに涼もうとなんとなくその老舗《しにせ》和菓子屋に吸い込まれた。

六月一日は鮎《あゆ》解禁。

別に釣りの趣味はないのだが、自分の名前に「鮎」の字が入っているせいか、なぜかその日だけは子供の頃から頭に刷り込まれている。

鮎は魚へんに占うと書く。何を占うのだろう。雨の量？　夏の気温？　それとも、あたしら一族の運命だろうか？

そんなことをいつもぼんやりと考えていると、日本の和菓子屋には鮎を模したお菓子が出回ることになっているのだ。

どういうわけか、中に求肥《ぎゅうひ》の入ったこの菓子が好きで、毎年この時期だけこのお菓子を買ってしまう。

店に吸い込まれる寸前、あたしはちらっと何かが視界に入ったのを感じた。

それは、黄色いU字形のものだった。

近所の量販店の屋上にある、ジェットコースター。

なんでも、ずいぶん前に客寄せのために造ったが、近隣の反対と、稼働するたびにビルがかなりの振動を起こすというので、結局一度も客を乗せることなくオブジェと化しているらしい。

あの中途半端な形を見て、てっきり作りかけで頓挫《とんざ》したのかと思ったら、一応あれで完成していると聞いて驚いた。

その、梅雨空の鬱陶《うっとう》しい墨色の雲に虚《むな》しく手を伸ばすようにしている黄色いU字形を見た時に、何かを忘れているような気がしたのだ。

あくまで「気がした」だけだ。すぐに興味を失い、涼感溢《あふ》れる店内に入ると、すっと汗が引いてほっとした。

隅の小さなスペースでお茶を飲んでいる年配女性三人組。楽しそうに談笑している。

なんとなく眺めていると、不意に三人がこちらを見た。

え？

のっぺらぼうの顔に大きな口だけがあって、同時に動き声がした。

「ダイジョウブ？」

慌てて見直すと、何もなかったかのように談笑している。

なに、今の。あの口、あの声、どこかで見て聞いたような――

くだん？


うっすらと遠い記憶がよみがえる。

正面のショーケースの中には、黒の漆塗りの盆に、泳ぐ形で鮎の焼き菓子が並べてある。

と、鮎が泳いだ。

うん？

あたしは思わずケースを覗《のぞ》き込んだ。

今、尾が翻って、盆の上を進んだように見えた。

「——お決まりでしょうか？」

ハッとして顔を上げると、店員の女の子がにっこり笑ってこちらを見ている。

どぎまぎしてしまい、慌ててもう一度ケースを覗き込み、商品の購入を検討しているふりを装った。

「鮎焼き五つ詰めてください」

「かしこまりました」

むろん、菓子の鮎が泳ぐはずはない。漆塗りの盆の上に、銀で流紋が描いてあるのを見て、そんなふうに錯覚しただけなのだ。

あたしはぼーっと女の子が菓子箱に鮎焼きを詰めるのを眺めていた。

特に耳の痛みはなかったし——あのチリチリという、不吉で不穏な、慣れ親しんだ痛み——肌が粟立《あわだ》つ感じもない。ましてや、煙草屋が予報を出していたわけではないし、仕事で来ていたわけじゃなかった。

いや、実のところ——この時、あたしはこの仕事を引退するつもりだった。

もう煙草屋だの、蝶《ちょう》だの簪《かんざし》だの物騒なものには関わらず、俊平を育てていくこと——つまりは、息子を守っていくことに専念しようと決心していたのだ。

いつもながらに、外国人観光客の多い界隈である。

近年、アジアや中東からの観光客もめちゃめちゃ増えて、平日の昼間でも人でごったがえしている。皆がスマホをかざし、東京タワーや六本木交差点を写す。

信号待ちをしていると、ケバブやラーメンなど、スパイスやとんこつスープの匂いが渾《こん》然《ぜん》一体となって流れてくる。

この一帯、そんなに広いわけではない。いわゆるイメージとしての六本木的なエリアは人が考えるよりごく限られたスペースなのではないか。

この交差点、どちらかといえば高台にあるはずなのに、あたしはいつも「谷」を感じる。「気」が通っている感じがしないし、むしろ何かが四方から流れ込んで「溜《た》まって」いるように思えるのだ。

道路の上を首都高が覆っているせいだけでなく、この交差点だけ、昼間でも紗《しゃ》がかかっているようにどことなく薄暗く見える。

もしかして、もう若くないってことかしら、あたしも。

ふとそう気付く。

若者や観光客の欲望のパワーに中《あ》てられているのかもしれぬ。そう気付くと、なんだかえらく年寄りになったような気がした。

が、そこに一人の男が目に飛び込んできた。

若者でも観光客でも年寄りでもなく、一人六本木交差点の澱《よど》んだ空気に染まらず、そこだけなんだか清々《すがすが》しい、だけど本人はちっとも清々しくないあの男が立っているのが。

ずいぶん久しぶりに会う男——元夫であり、俊平の父親である遼平である。

つかのま、立ち止まり、観察してみた。

相変わらずの髪型。

太くて真っ黒で長い髪を銀の簪で頭の上にまとめている。

しばらく見ないうちにやつれたような気がする。あまり充実した生活を送っていないようだ。噂によると、関西で続けて仕事して、大変な目に遭ったらしい。

この男、改めて見ると国籍も年齢もひたすら不詳である。

やっぱりどこか異様だわ、この男。

あたしは冷めた気分でしげしげと元夫をチェックした。あの髪型といい、もっと歳取ったら、おばあさんになるタイプだわね。

あたしが思うに、人間、歳を取ると「おじいさん」になるタイプと「おばあさん」になるタイプがいる。元の性別とは関係なく、どちらかに変化するのだ。こいつは「おばあさん」だ。間違いない。たぶんミヤコ蝶々《ちょうちょう》みたいな。

遼平があたしに気付き、ニコッとはにかんだような笑みを浮かべ、「よっ」と手を振った。

その笑顔を見たとたん、胸の奥に相反する感情が同時に芽生えたのに動揺する。

ひとつは、その笑顔を不覚にも「可愛い」と思ってしまったこと。

ガキの頃から全く変わらぬ、乙女のような恥じらいすら含まれる笑み。かつてはあの笑顔に心ときめかせた頃もあったのだ。

そして、もうひとつは、限りなく憎悪に近い苛立《いらだ》ちである。

いったいいつ頃からだろう、この無邪気さに神経を逆撫《さかな》でされるようになったのは？

こいつは現実を理解しているのか、どうしてそんなに無邪気でいられるのか、と焦りにも似た苛立ちを覚えるようになってずいぶん経つ。

暢気《のんき》なコメント、のんびりした態度、あどけない笑み。それらのひとつひとつが紙ヤスリをかけたみたいにあたしをピリピリさせてきた。きっと俊平が生まれてからだろう。

遼平は客観的に見ていい父親だし、いい夫だったと思う。

だけど、それだけじゃ駄目なのだ。あたしたちの場合、いい父親、いい夫のポジションを守っているだけじゃ、とてもやっていけない。あたしたちが背負っているものは、「いい人」だけでは背負い切れない。

遼平だって、そのことにとっくに気付いているくせに、気付かないふりをしている。自分の善良さに、無垢《むく》さにしがみついている。汚れ役をあたしに押し付けて、自分だけいい子になっているのだ。

そう考えると、あっというまに苛立ちのほうが膨れ上がり、「可愛い」と思ったことなど、麻布《あざぶ》警察署のパトカーに乗ってどこかに行ってしまった。

あたしの苛立ちが伝わったらしく、遼平は笑顔を凍りつかせ、へっぴり腰になって弱々しく手を振る。

「久しぶりだな、鮎観」

気を取り直して、遼平は笑いかけてくる。

「元気そうね。会えて嬉《うれ》しいわ」

自分でそう言いつつ、その声がとてもじゃないが「会えて嬉し」そうでないことを確認する。

「俊平は元気か？」

遼平は前のめりになり、あたしの顔を覗き込む。

知ってるわよ、あんたが息子を大好きなことは。

「ええ」

あたしはここでニッコリ笑ってみせた。

「いい子にしてるわ。新しい父親にもなついてるし」

「え？」

遼平の顔が、止まった。

顔が止まる、というのも妙な表現だが、今の彼の顔はまさしく「止まった」としか言いようがなかった。

生理的にも、感情的にも、すべての活動を「止めた」のである。

たっぷり五秒近く経ってから、再び彼の顔は「動き」始めた。

口をぱくぱくさせ、何かを問いかけるように瞬《まばた》きをする。

そこであたしは、彼に引導を渡した。

「あたし、再婚したの」

「――ああ、ここだよ、ここだよ。ほら、ずっと昔、シャンデリアが落ちて客が死んだ事故があったじゃん。その店があったとこ。写真週刊誌とかあった時代。懐かしいなあ。上がったり下がったりする、凄《すご》くでかいシャンデリアだったらしいじゃん」

思ったよりもショックが大きかったらしい。

遼平はあたしの顔を見ず、一人でずっと独り言のように喋《しゃべ》り続けていた。

「へえ、そうなの。こんなところにあの店あったんだ」

適当に相槌《あいづち》を打ってみる。

遼平は、その事実を受け止めることを拒絶しているようだった。

ふらふらと歩き出し、路地に入り、観光案内を始めたのである。

「だいたいさ、六本木、青山《あおやま》、赤坂《あかさか》、お洒落《しゃれ》な街、外国人の多い国際的な街、なんてイメージが定着しちゃってるけど、この辺りはバリバリの軍都だったんだよね。そもそもが武士の町、軍人の町としてスタートした江戸から連綿と続く、軍都の中心がそのエリアなんだ」

口調は努めて平静を装っているが、その声のはしばしに動揺を抑えようと努力しているのが窺《うかが》える。

「そもそも、この辺りは軍の射撃場があったところなんだよね。なにしろ、今は都会的と呼ばれてる場所だけど、かつては田舎も田舎、はっきり言って人がいなかった。だから、かなりの敷地を取れたわけで」

さっきからふらふらと道を歩き続けているが、彼の足はかすかに蛇行している。

なんとなく、本人も自分がどこに向かっているか分かっていないのではないかという気がした。

「ねえ」

あたしは話しかけた。

「ねえ、遼平」

「そうそう、二・二六事件を起こした部隊も」

「遼平ったら」

あたしは立ち止まり、声を大きくする。

遼平も立ち止まった。

「ねえ、誰と再婚したか、とか、いつしたか、とか聞かないの？」

そう背中に問いかけると、かすかに強張《こわば》るのが分かった。

つかのまの沈黙。

「——どうしてだ」

聞き取れないほど、低い声だった。

「え？」

あたしはぶっきらぼうに聞き返す。

突然、がばりと遼平が振り返り、キッとあたしを睨《にら》みつけた。

そのまなざしの強さに、思わずたじろぐ。

「どうして——どうして、なんの断りもなく。どうして、俺に言わずに、再婚なんかしたんだ。俺は俊平の父親だぞ！」

目が血走り、顔面が蒼白《そうはく》になっていた。

珍しく激昂《げっこう》している。

あたしは、その声に含まれている悲しみに気圧《けお》された。

「——だからよ」

「え？」

今度は遼平が聞き返した。

「それが、再婚の理由よ。あんただって分かってるじゃない。あんたが父親で、あたしが母親だから。だからあたしたちは別れたし、だから俊平には別の父親が必要なのよ」

青ざめていた遼平の顔がぎゅうっと赤くなり、やがてまたゆっくりと血の気が引いていった。

たぶん、それを見ているあたしの顔も蒼白になっているだろう。

二人で絶句する。

そう——恐らく、今、互いの頭の中に同じ光景が浮かんでいるであろうことを承知しながら。


あれは何がきっかけだったろう。

いや——あたしたちは、いつからそのことに気付いていたのか。

結婚する時に危惧《きぐ》がなかったわけではないし、周囲の年寄りが懸念を口にしていなかったわけではないが、当時のあたしたちは全然気にしていなかった。なにしろ若かったし、恋する者どうし舞い上がっていたというのが第一。次に、いとこどうし、親戚《しんせき》どうしの結婚は周りで珍しくなかったし、むしろかつては奨励されていたということもある。

だが、それもよく考えてみれば昔のこと。

ご多分に漏れず、我々の一族も少子高齢化が進んでいる。いわゆる、遺伝的均質性が高まっているため、このところは一族以外の者との結婚が勧められるようになってきていたのだ。

噂は聞いたことがあった。

「りょうほう」から生まれた子供に、しばしば「めんどう」なことが起きる、ということは。その「めんどう」がどういうことなのかは、個々のケースで異なるので一概に説明できない、と言われたことも。

それでも、自分たちとは関係ないと思っていた。

高揚感の中で互いを見つめ、二人だけの世界に有頂天になり、人生の春を謳歌《おうか》していた無邪気なあたしたち。俊平を授かり、彼が生まれてきた時は最高に幸せだった。

それが形になり始めたのは、俊平が二歳を超えてからのような気がする。

それまでは、単に赤ん坊は泣くものだし、あまり深く考えたことはなかったのだ。

だが、恐らくあたしと遼平は既に気付いていたように思う。

この子の泣き方は、おかしい、と。

それまでも、薄々感じてはいた。

俊平が、あたしと遼平が諍《いさか》いを起こす度、すごいタイミングで火が点《つ》いたように泣くことに。

別段、それは不思議なことではない。子供は険悪な空気を感じたり、悪天候で雷が鳴っていたりすると不安になって泣くものだし、異様な気配を敏感に察知する。

だが、俊平のそれは少し違っていた。

甘い新婚の時期と、親になったという幸福感を味わう時期は過ぎ、目の前には長い人生と現実があった。そして、あたしたちは少しずつ何かがずれていった。

それは専ら、あたしたちの「仕事」についてだった。

むろん、今に始まったことではない。

あたしたちがそういう一族、そういう世界に生まれついている以上、自分たちの運命について、あるいはこの世界の変貌《へんぼう》について、これからの対処について、考えてこなかった者は一人もいないだろう。

だから、あたしたちの手に余る問題ではあったし、避けられない議論ではあったのだが、それでも日々一緒に過ごしていると、認識の違いであったり、人生の中の位置づけであったり、少しずつ少しずつ、歯車が狂うような齟齬《そご》が生まれてきていたのだった。

それまでも、「この子、なんか凄いタイミングで泣くね」と遼平と話したことはあったのだが、明らかに異様なものを感じたあの日のことは今でもよく覚えている。

もはや何の話題だったかは覚えていない。

仕事のやり方とか、煙草屋の采配《さいはい》への不満とか、長らく論じられてきたすぐには解決しない問題について、その日はいつになく深刻なやりとりが続いていた。恐らくは、あの時初めて、根源的な問題について触れたような気がする。

あたしたちはいつまでこれをやらなきゃならないのか。

具体的に、どうやるのか。

やめるという選択肢はあるのか。

さんざん話した挙句堂々巡りになって疲れる、というのがいつものパターンなのだが、あの時は少し違っていた。話せば話すほど、自分たちの住む世界が暗く深い沼であると気付いたような感じ。その沼がじわじわと広がっていき、日常を浸食し、やがて世界ごと闇に呑《の》み込まれていくという予感。

あたしたちはあの時、恐怖について語っていた。

俊平は離れたところで、積み木を手に一人遊んでいた。

視界の片隅で、彼がおとなしくなったことには気付いていた。積み木を前に、ぼんやりと力なく座り込んでいるのを、あたしはどこかで眺めていた。

突然、泣き出した。

ハッとして遼平と一緒に彼を見る。

その泣き声は、なんとなく変だった。ひきつったような、喉《のど》の奥が笛のようになってひゅーっ、という篠笛《しのぶえ》みたいな声がした。

確かに泣いている。

あたしと遼平は一瞬目を見合わせた。

同時に異様なものを感じたのだ。

「俊平？」

あたしたちは同時に声をかけた。

小さな背中が、伸び上がるように震えた。

と、次の瞬間、俊平は身を乗り出すようにして吐いた。

積み木の上に、何か黒っぽいものが、吐き出され、コツコツと音を立ててぶつかったのが分かった。

「俊平！」

あたしたちは慌てて彼に駆け寄った。

俊平は、激しくえずいたが、吐いてしまったら楽になったのか、あたしたちが見た時にはきょとんとした顔をしていた。

が、彼が吐き出したものを見て、あたしたちは凍りついた。

バラリと散らばっている弾丸。

「なんだ、これ」

遼平が強張った顔でそれを覗き込んだ。

どうみても、銃にこめる弾丸である。

しかも、とても古いものだ。

「こんなもの、いつ呑み込んだんだ？」

「まさか。今朝からずっとここにいるし、朝ご飯以外何も食べてないよ」

あの時、あたしは奇妙なことを思い浮かべていた。

子供の頃、親戚から聞いた話だ。

ある日突然、小さな男の子が授業中に大量の水を吐き出した。驚いたことに、水草やら、小さな魚やら、どう見ても川の中にいるようなものを次々と吐き出す。

慌てて介抱していると、その子の家から連絡が入った。

男の子の弟が、近所の用水路に落ちて溺《おぼ》れた、というのである。なぜか、兄が吐き出したものは、弟が呑み込んだものらしい――

あたしは、その連想が正しいことを直感した。

この子が吐いたものはきっと——

あたしは、その時、その思いつきを口にすることができなかった。遼平も同じだ。彼もあたしと同じことを直感したはずだ。

だが、あたしたちは怖かった。認めたくなかった。このことを認めてしまったら、もうあたしたちはやっていけなくなる。そう分かっていたからだ。

ただ、議論はそこでやめた。あたしたちはピタリと口を閉ざし、俊平が吐いたものを黙々と片付けた。俊平はケロリとして、何もなかったかのようにまた遊び始めた。

あたしたちは、しばらくその話題を口にしなかった。

俊平はすくすくと元気に育っていた。

しかし——その話題はどうしても避けられなかった。

何かの拍子に、また言い争いになった。

「仕事」からの帰りだったと思う。怖い思いをして帰ってきて、その苛立ちを互いにぶつけあったのだ。

と、また部屋の隅で俊平がえずいた。

ぎくっとして彼を見ると、棒立ちになっており、白眼をむいている。

駆け寄ることも忘れ、あたしたちは凍りついた。

彼の喉の奥で、また笛のような音が鳴った。

ひゅーっ、という風のような奇妙な音。

俊平は何かを吐き出そうとしていたが、それが出てこないようだった。

全身が大きく震え、がくんがくんとしなる。

あたしも遼平も、一歩も動けずに息子を見つめていた。

と、次の瞬間、あたしたちは見たのだ——彼の口から、指が——五本の指のついた、男の手が出てくるところを。

信じがたい光景だった。

じりじりと、俊平のいっぱいに開かれた口から、男の手が——

「グンカ」。

頭の中が真っ白になった。

「グンカ」が、息子の身体の中から。

まさか、そんな。息子の中に「裂け目」ができたというのか？

「俊平っ」

あたしと遼平は同時に叫んで、彼に駆け寄った。

と、俊平はげふっ、とゲップをすると、ハッとした顔になり、ぺたん、と床に座り込んだ。

もう、手は消えていた。

あたしと遼平は、二人で俊平を抱きしめながら、互いの表情を窺っていた。

今見たもの。俊平の中から出てきたもの。

それが現実だと、互いの目の中に認めた。

もはや、明らかだった。

息子は、あたしたちの怒りや負の感情に反応している。特に、「仕事」についての恐怖の感情に。反応した彼は、反応している自分の身体に、異次元の「彼ら」を呼び寄せてしまっているのだ。


「りょうほう」から生まれた者の「めんどう」。


今、あたしたちはそれを目の当たりにしているのだと、認めざるを得なかった。

それ以来、あたしたちの生活は恐怖となった。

言い争いをしないように努め、その話題を口にしないように努める。

あたしたちが息子と同じ空間にいなければとりあえず無事だったし、あたしと俊平、遼平と俊平、と二人きりでいる分にも無事だった。

しかし、三人で一緒にいると――

いつまたあんなものが息子の中から出現するかと思うと、一家団欒《だんらん》の場なのに生きた心地がしなかった。

落ち着いて。

落ち着いて。

あたしたちが落ち着いて和やかでいれば、何も起こらない。

そう自分に言い聞かせるのだが、そうすればするほどかえって疑心暗鬼になってしまう。

遼平に対する負の感情が浮かんできてしまう。

恐らく、遼平も同じ状態だったろう。

微妙な緊張感と、家にいるあいだじゅうずっと張り付いている不安。

あたしたちは、肉体的にも、精神的にも、へとへとになってしまった。

そのうちに、一緒にいることを徐々に避けるようになってきた。

どちらかが外出し、一人が残る。

そんな生活パターンが出来てきて、会話も減っていく。目も合わせなくなり、互いの存在そのものを避けるようになってしまった。

別居で済ませ、離婚することはなかったのかもしれない。

だが、三人でいられない以上、婚姻の意味があるのか。

あきらめと絶望とが二人のあいだですとんと落ち着いた結果が、一枚の紙切れだったのだ。

「どうしようもなかった。誰のせいでもない。だけど、あたしは俊平を育てていかなきゃならない。だから、再婚したの」

遼平の目から怒りが消え、諦念《ていねん》が浮かんだ。

「あたし、『仕事』もやめるわ。俊平は普通に育てたい。あの子にも『仕事』はさせない」

遼平はハッとしたようにあたしを見た。

「『仕事』をさせない？　そんなこと可能なのか？」

「分からない。でも、そのつもりよ」

「そのつもりでも、俊平自身が引き寄せるんじゃないのか？　だったら、『仕事』から遠ざけると自衛もできないし、かえって危険だぞ」

「なんとかする。自衛手段は教えるし、考える」

そう。俊平には、怖い目に遭ってほしくない。

遼平は顔を手で拭《ぬぐ》った。

「俺だって、俊平を守ってやりたい。あの世界に近付かないで済むなら、そうしたい。だが、日に日にきな臭くなるこのご時世に、それで済むのか？」

誰にともなく、彼は弱気な声で尋ねた。

彼の視線が宙を泳ぐ。

「俺、最近思うんだ。もしかすると、あいつこそが、膨れ上がる『グンカ』に対抗できる次世代の希望なんじゃないかって」

「やめてよ」

あたしは耳を塞《ふさ》いだ。

「そんな話聞きたくない。あの子をおぞましい世界に巻き込みたくないの」

「それでも、奴らは現れるぞ。奴らがここ数年、どんどん強大になって、俺たちだけで抑え切れなくなってきてるのはおまえだって分かってるはずだ」

あたしは返事ができなかった。

分かってる。でも。でも。あたしは。

あたしたちは、いつのまにかふらふらと六本木交差点に戻ってきていた。

首都高の壁に貼り付いた「ROPPONGI」の文字。

湿った風が吹いてくる。

ふと見上げると、空は真っ暗だ。今にも雨がしたたり落ちてきそう。

「ひと雨来そうね」

あたしはぼんやりと呟《つぶや》いた。

「だな」

遼平も呟く。

疲労感だけを共有する二人。

と、何かが光った。

「うん？」

遼平も目を留める。

「ROPPONGI」の白い文字が、白く発光している。

「え？」

あたしは間抜けな声を上げた。

やがて、「O」の文字がふわりと舞い上がった。

梅雨空の真っ黒な雲を背景に、光り輝くアルファベットの「O」。

くるりくるりと回転し、いつしか数が増えていく。

五つに増えた「O」は、やがて重なり合い、よく見かけるあのマークを作った。

「オリンピック――?」


あたしたちは顔を見合わせる。

なんなのだ、あれは?

次の瞬間。

眩《まばゆ》い光が走った。

「わっ」

あたしたちは思わず目の前に手を上げた。

「なんだ、あれ」

目を細めて指のあいだから見えたのは、一本の筋を描いている強烈な光だった。

首都高の白い壁が、どこまでも白く輝いているのだ。

「首都高が」

あたしは思考停止に陥った。

首都高が輝いているのと同時に、あたしの頭の中まで真っ白になってしまったらしい。

目の前の光景が受け入れられない。

まさか。まさか、こんな。

まさか、この光は、その。

遼平が口ごもった。


「これ全部が、『裂け目』——?」


それを聞き取ったかのように、パッと光が消え、そこに暗い「裂け目」が現れた。わらわらと一斉に「グンカ」が飛び降りてくる。

数え切れない、無数の「グンカ」が、次々と飛び降り、きびきびと整列を始めた。

みるみるうちに道路は一面の「グンカ」になり、整然と並ぶと、ザッザッ、と行進を始めたのだ。

一面のカーキ色。

ところどころに旗手が立っている。

旗手が振るのは、旭日旗《きょくじつき》だ。

一斉に揃う足音と、彼らが上げる歓声で、何も聞こえない。

「グンカ」のオリンピック——入場行進？

あたしたちは一歩も動けなかった。まるで、あの時、俊平の口から指が出てきた時のように。

二人で交差点で固まったまま、平然と通り過ぎていく「グンカ」の群れをぽかんと眺めている。

「グンカ」はあたしたちを完全に無視していた。いつもなら、わらわらと襲いかかってくるのに、あたしたちの存在など全く目に留めていないようだ。

もはや、世界は彼らのものなのだ——いや、彼らが世界そのものなのか？

突然、群れが足を止めた。

一糸乱れぬ動きでぴたりと止まった彼ら。

静寂。

と、さざなみのようなどよめきが漏れ、彼らはぎくしゃくと動き出した。なんだか様子がおかしい。取り乱しているというか、不安そうにしているというか、落ち着きをなくしているのだ。

何かを見ている。

奴らは、何かに目を留め、指差している。

「何を見てるの？」

「いや、分からん」

あたしたちは背伸びをして、奴らの向こうのものを見ようとしたが、あまりにいっぱいいるので見えない。

「向こうに回ってみよう」

遼平が指差す方向を見ると、そこに行列の切れ目があった。

二人で駆け出し、行列の隙間から向こうを見る。

「えっ」

「あれって」

遠く正面に東京タワーが見えた。

墨色の雲に突き刺さる、赤い塔。

ゴロゴロと遠くで雷が鳴っているのが聞こえた。

道路の真ん中に、小さな影があった。

車も、人も、いない。

真っ昼間の六本木交差点の通りに、人っ子一人おらず、道路の真ん中に、誰かが立っている。

その誰かは、ゆっくりとこちらに向かって歩いてきた。

あたしたちはハッとした。

同時にそれが誰なのか気付いたのだ。

「俊平」

あたしたちは同時に叫んだ。

「グンカ」たちのどよめきが大きくなった。彼らは、あの小さな少年を見つめている。あたしたちの息子を、指差している。あたしたちの息子に、反応している。怯《おび》えている。

少年はゆっくりとこちらに向かって歩いてくる。

「俊平」

あたしはもう一度呟いた。

まるで、初めて口にする名前のようだった。

少年は、横断歩道のところで足を止めた。

「ダイジョウブ」

耳元で囁《ささや》いたかのように、はっきりとその声が聞こえた。

そして、彼は「グンカ」とあたしたちに向かって、ニッコリと神のような満面の笑みを浮かべた。

この作品はフィクションです。実在の人物、組織、団体、名前などに関係ありません。

本作は「怪」vol.33からvol.36、vol.39からvol.40、vol.45からvol.49に連載されたものです。刊行に際し、加筆修正をしております。

作中の詩は、三木卓・川口晴美編『風の詩集』（筑摩書房）に所収されたクリスティーナ・ロセッティ「風」（西条八十訳）より引用しました。

恩田 陸（おんだ　りく）
1964年、宮城県生まれ。91年、第３回日本ファンタジーノベル大賞の最終候補作となり、『六番目の小夜子』でデビュー。2005年、『夜のピクニック』で第26回吉川英治文学新人賞、第２回本屋大賞受賞。06年、『ユージニア』で第59回日本推理作家協会賞長編及び連作短編集部門賞受賞。07年、『中庭の出来事』で第20回山本周五郎賞受賞。17年、『蜜蜂と遠雷』で第156回直木三十五賞受賞。主な著作に『ネバーランド』『黒と茶の幻想』『上と外』『ドミノ』『チョコレートコスモス』『私の家では何も起こらない』『夢違』『雪月花黙示録』など。

失《うしな》われた地図《ちず》

2017年２月10日　初版発行
2017年３月15日　再版発行

著者／恩田《おんだ》 陸《りく》

発行者／郡司 聡

発行／株式会社KADOKAWA
東京都千代田区富士見2-13-3　〒102-8177
電話 0570-002-301（カスタマーサポート・ナビダイヤル）
受付時間 9:00～17:00（土日 祝日 年末年始を除く）
http://www.kadokawa.co.jp/

印刷所／図書印刷株式会社

製本所／図書印刷株式会社

ISBN 978-4-04-105366-9　C0093